적색편이

적색편이

Red-shift

이묵돌 단편선 03

차례

4부, 페이드아웃

1부, 야광

뛰지맙시다

차를 타고
떠나는 사람들이 말했다

적색편이

어느 날 아침

어제는 널 잃고 한참 울었다
이별은 기약없이 찾아와서 이별이라
쓸쓸한 작별인사 한 줄 못했네 사랑은
떠나고 나야 열두 개도 넘게 떠오르지

내게 속삭이던 목소리
어느마나 아름다웠던지
구석자리 골목골목 쏘아다니며
푸른 머리 지구를 쓰다듬었지

익숙함에 속아 널 잃어버리면
소중함을 찾아 난 그리워하지
오늘은 어제가 되어야 선물이 되고
어제는 옛날이 되어야 보물이 되지

오 나는 전에 어떤 죄를 지어서
잃어가는 것만 감사하며 사는
요 모양 요 꼴의 사람으로 났나
매일매일이 선물인 줄도 모르고

중독

집에 돌아왔을 땐 아무도 없었습니다
쭉 들어가 보면 엄마가 있었지만
없다고 쳐도 큰 문제는 아닐 거예요
항상 죽은 듯 자고 있었으니까

뭐 나라고 하고 싶은 게 없었을까요
다만 야구는 가죽 글러브가 비쌌고
피아노 학원은 달달이 십만 원
좋아하는 글쓰긴 굶어 죽기 십상이랬죠

별 수 있나요 난 정부서 준 구식 컴퓨터로
스타크래프트 메이플 그리고 서든어택
시체처럼 잠들어 있는 엄마 곁에서
쾅쾅 탕탕 사람 죽이는 게임이나 했죠

학원에서 백다섯 걸음만 걸으면
피씨방이 있었고 거기서
금방 공부 마친 친구들과 왁자지껄
인생은 사드론 아님 오드론이라 했는데

이제 와서 나더러 중독이라니?
내 비록 밑 빠진 독 빠진 밑이긴 해도
울긋불긋 독이 올라 보이는 쪽이라면
누가 봐도 당신네들 같아 보이는데요ㅋ

마시멜로 이야기

한 시간에 간신히 일백 키로 달리는
무궁화호의 흔들리는 차창 밖으로
이우는 들녘 바람이 소스라치면
어김없이 하얀 원통 모양 그것이
하나둘 굴러다니고 멍청하게 서 있고
또는 각기 무리를 지어 몰려다녔는데

넌 저 마시멜로를 다 주워 먹으면
참 배가 부르겠다고 말한 적 있었다
그 마시멜로를 뜯어 먹인 송아지들
무럭무럭 커가서 슬픈 눈 다 잊고
고깃덩이로 마트에 진열된다는 걸
꿈에도 모른 채 철로를 오고다녔다

서울에서 대전 대구 부산이나 광주를
달리기 한창인 기차 바깥으로 보드라운
마시멜로는 어디로 가버렸는지 없고
곤포 사일리지란 낯선 이름의 여물
아니 여물의 여물만 가득 보일 때부터
마시멜로 이야기는 책 속의 이야기였군

적색편이

너도 나도 말없이 팔걸이에 의지한 채
곤히 떠나는 열차 소리에 묻혀가는
그럭저럭한 것이 우리 인생이라는 걸
아는 것은 힘 아니라 오히려 김 빠지는 일이란 걸
그 많던 마시멜로가 온데도 간데도 없이
싸그리 사라진 뒤에야 알고 말았다

오늘의 핑계

일 때문에 경주까지 갔다 왔다
태풍 온다던데 별 일 없어 다행이었다
그저 지금은 목 따갑고 몸 피곤해서
집에 오자마자 뻗어버렸는데
그러기가 무섭게 또 할 일이 생긴다
평일 하루마다 시간 짜내 꾹꾹
하나씩 써 내는 것 나와의 약속이었는데
오늘은 몸살 기운도 있고 도저히 못 써먹겠다는 말을 글 대
신 전한다 신경주역까지 데려다준 친구들에겐 고마움 대신
전한다

도스토옙스키를 위하여

위대한 시
위대한 소설이
몇 분 만에 완성되기를

마음을 담보잡기에
인생은 융통성 없는 것
이자라도 갚아나가기를

빌린 삶 빌린 시간
세상살이의 소작농
견딜 만큼만 굶주리기를

열심히 뿌리고 거두는 일
월말까지 착실히 떼어주면
내 건 얼마 되지도 않아서

위대한 시
위대한 소설이
몇 분 만에 완성되기를―

―나는 바랄 수밖에 없다.

워킹홀리데이

일할 때 일하고
놀 땐 놀겠다고

너는

당최 언제부터인지 모르겠지만
내가 밀린 일감처럼 느껴진다던

너는

지난 계절처럼 불어 떠났지
일 같은 사랑으로부터 떠나

너는

휴식 같은 일을 하겠다면서
나처럼 지루한 사람을 떠나

↓휘이잉 머얼리

머얼리 남쪽으로
불어가는 비행기

↑진심어린 나는

Yours sincerely
매년 이맘때쯤 우리 걷던 곳

쓸쓸한 구름 몇 점 꾹꾹 담아
우표 없는 엽서로 부쳐 보낼게

너는
받지도 읽지도 않겠지만

너 떠나간 나라엔
겨울이 아니 온다기에

대패삼겹살

늘 고기가 고픈 열 다섯
어느 날 냉동실을 열어봤더니
못 보던 비닐 봉투에 고기가 잔뜩

그렇게 크고 많은 고기, 고기라니
일주일 내내 먹어도 남아돌겠네
짠돌이 엄마가 무슨 바람이 불어서?

지겹던 시금치 콩나물 이제 안녕
오늘은 목에 기름칠 실컷 하는 날
마침내 엄마가 꺼낸 낡은 후라이팬

깔아놓은 신문지 위로 뿔뿔이 튀는 기름
돌돌 말린 돼지고기는 차차 움츠러들고
통째로 들이 부어보니 고작 밥 한 공기?

애걔, 이렇게 얇은 게 무슨 고기야
투정은 꼭 다 먹은 뒤에 했지만
세상 무엇이든 껍데기로 판단 말라는

따분하고 진부한 가르침 하나 알았네
비루하게 눈 배불리는 거짓말 아니라
없어도 더 주고 싶은 마음인 걸 그땐 몰랐네

역대급 평범한 詩

아름답다 멋지다 행복하다 즐겁다
애달프다 슬프다 서럽다 고독하다
보다 더 대단한 단어를 찾지 못해
끝내 역대급이라는 말 써버렸지만

아름다운 하루 멋진 하루
행복한 하루 즐거운 하루
애달프고 슬펐던 하루의
서러움과 고독함에 관해

별달리 할 말도 애틋한 사랑도
믿음가는 이야기도 하나 없어
당신은 오늘 전설적 하루의
절대적 근거를 찾아 헤매이는데

왜 나는 역대급의 글 한 줄
써주는 일마저 할 수 없어서
지루하게 나날이 뜨고 저무는
매일의 날씨가 되려고 하나같이

인스타그램 스토리는커녕
기대도 희망도 못하리만치
하잘 것 없는 우리의 하루
구태여 글로 남겨 눈물짓나

참내 이제 해질녘 하늘은 부르텄고
평범하게 고단한 하루를 보낸 나
'사랑하겠소 평범한 당신일지언정'
특별히 할 말도 아닌 것 같아

오늘도 가까스로 찾아낸 의미 한 줌으로
평범한 역대급 하루를 지켜낸 당신에게
참 수고 많았다고 남몰래 고생 많았다고
뒤늦은 저녁밥 챙겨주듯 써 보낼 뿐이오

사람

친구들과 피시방 갈 돈이 없어
몰래 어머니 지갑에서 오천원을 훔쳤던
다음 날
백일장 금상을 받아 자신만만 집으로 온 나에게
당신은 상장을 이불위로 던져버리고
뭣보담도 사람이 먼저 되거라 하셨지만
어머니 저 아직 방황하는 것은
사람이 뭔지 모르는 까닭입니까
사람을 찾지 못했기 때문입니까

갈대밭 억새들

세상에는 멍청한 사람이 너무 많았죠
으레 위대해 보였던 것들이 낮아지고
머리의 핏기가 조금이나마 가실 때쯤
인정할 수밖에 없었습니다 한때 내가
너무 사랑하고 아꼈던 사람과 물건들
어떤 면에선 견디기 힘들만큼 바보고
길가에 나돌아 다니는 화상들 허접들
하나같이 추하고 한심한 존재라는 걸
감당할 수 없을 정도로 달아올랐다가
터무니없는 이유로 차게 식어 버리고
미련한 노력으로 가엾은 삶이나 찾는
그럴듯한 줏대도 없이 마구 흔들리는
마음 같은 갈대들이 너무너무 싫다고
갈대밭 한가운데서 큰 소리로 질렀죠
하기야 그렇습니다 흔들리며 피는 꽃
닮아진 너희와 닮아갈 나도 빠짐없이
갈대로 태어난 운명은 도리가 없어서
영원토록 아름드리나무는 될 수 없죠
단지 뒤늦게 알았을 뿐이에요 당신들
사방으로 비와 바람 부는 세상에서는
마음 따라 흔들려야만 살 수 있단 걸

가끔 호구처럼 때때로 멍텅구리 같이
속으며 살아가는 것이 지혜라는 무지
힘없이 흔들리는 갈대도 산 위에서는
꿋꿋이 참고 버티며 사는 억새들이죠
그러니 잊지 마세요 고개 숙일지언정
마음만은 늘 높다란 산마루에 올라서
곧게 뿌리박은 곳 우직하게 지켜내고
세찬 소나기에도 부러지지 않는 이유
오늘도 못내 흔들리는 황금빛 갈대밭
우리네 마음과 꼭 닮았기 때문이지요

집안의 기둥

일하지 않는 자 먹지도 말라 밥상머리에서부터 귀 아프게 듣고 자랐다 우리새끼 무럭무럭 자라서 어엿한 일꾼 산업역 군 돼야지 가진 것 없는 우리 집 우리나라 이제는 너희들이 떠받쳐야 한다 인내는 쓰지만 열매는 달다는 말 전가의 보 도처럼 질리도록 들었다

미래는 모두 네게 달렸다 의젓한 모습 사회의 떳떳한 구성 원으로 커서 어딜 가도 기둥이 되어야 한다 대들보 같은 사 람 되어야 한다 주춧돌처럼 단단하고 어떤 것에도 끄떡 않 는 사람 그런 사람 우리가 돼야 할 어른이었다

기본이 튼튼해야 나중에 걱정할 일 없으니 내가 못 간 학교 들 명문 대학들 너는 꼭 가거라 스스로 바보 같다던 당신들 이지만 제 자식은 바보 아닌 천재나 영재이길 바랐다 학교 선 생님께 늘 했던 말 우리 애가 머리는 좋은데 공부를 안 해서

말로는 노력하라 하지만 속으론 특별한 줄 알아서 적게 애써 도 많이 얻을 줄 아셨다 아무 것도 없는 암실에 가둬두고 먹 기 좋게 썰어놓은 노력만 갖다 먹였다 사과 깎는 법 빨래 돌 리는 법 울거나 사랑하는 법 몰랐지만 미적분은 알아야 했다

책임이란 가장 두려운 말 뭐 하나 믿을 만한 구석 없이 기대만 잔뜩 몸만 부쩍 큰 우리더러 이제는 어른이라며 서류더미와 계산을 맡기는데 우리는 노력했고 당신은 실망했다

모르는 걸 모른다고 힘든 걸 힘들다고 말하면 안 되는 줄 알았다 배운 건 없어도 못 배운 게 창피한 일인 줄은 확실히 배웠다 그래서 우리 친구들에게 남은 건 정당히 분노하고 합리화하는 버릇 당신들의 유산 상속세 또는 빚이었다

대답하면 말대꾸 가만히 있으면 반항이라 당신들에겐 뭘 말해도 '-한 것 같습니다'라고 끝맺곤 했다 나와 내 생각엔 그 어떤 가치도 확신도 가질 수 있다 말해준 적 없으니까 같으면 같았지 결단코 틀려선 안 된다고만 가르침 받았으니까

그런데 있죠 세상에 기둥이고 싶어서 기둥인 나무가 어디 있나요 대들보 돼서 사방으로 짓눌리고픈 사람 누가 있나요 계절 따라 푸른 잎이고 다람쥐고 빨갛고 노란 열매들 짊어질 것을 무수한 서까래 지붕에 내리깔려 살 수 있나요

당신들 보기 좋으라고 부풀려 놓았던 기둥 이제 와서 배가 불렀다니요 우리도 알고 있어요 절대 당신처럼 할 수 없단 걸 죽어라 모아도 그럴듯한 집 한 채 살 수 없다는 걸 할 수 있는 건 고작 먹는 것 자는 것 게임하는 것 하루가 멀다 하고 술이나 퍼마시는 것 여자들 뒤꽁무니나 따라다니는 것뿐 인걸요

매일이 빈사상태 머리에 피가 마르긴 한참 남았고 글러먹은 건 나라꼴보다 우리 미래와 통장잔고 숫자인데 그럼에도 괜찮다 사랑한다 말해준 적 없던 당신들 이제와 우리를 욕할 수 있나요 그런 빌어먹을 구십 년대에 태어난 일 내 잘못은 아닌데

새벽배송

내게는 누가 새벽에 배송해 주나?

둥둥 떠다니다 아파트 현관문 옆
오늘도 마법처럼 거기 놓여 있는
참으로 상쾌하고 상쾌한 아침이로다
이토록 편리한 세상이 또 어디 있나

원래 문명의 이기란 이기적인 것
돈 주고 받는 일에 사람이 웬 말
맞다 오늘 물건은 신선식품이오니
녹는 일 없게끔 각별히 주의해 주길

내게는 누가 새벽을 배송해 주나?

머잖아 동이 트고 해가 올라서
문득 아침이 되면 별 볼 일 없는
내 삶조차 볕들 날 오게 될 거라
말해줄 이 있더라도 겨를이 없네

밝아오기 무섭게 감겨드는 내 눈
정신 차려보면 네모난 상자들 속
지치고 외로운 몸뚱이 옮기고 나면
오늘도 마법처럼 거기 놓여 있겠소

,,,

그, 자식은, 내가, 글에, 쉼표를, 너무, 많이, 쓰는 게, 수준이,
낮다는, 증거라고, 했다,
좆,, 까, 시발, 놈아,,

비와 당신

외할머니는 비를 보고 말했다
이맘때 내리는 비는 눈물이라고
곧 우울한 일들이 있을 거라서
하늘이 너 대신 울어주는 거라고
마당에 싹싹 비질하며 말하셨다

내가 다섯 살 되던 그 해 여름
기록적으로 많은 비가 내렸다
유달리 슬픈 일도 많았던 시절
거나하게 취해 돌아온 아빠 손이
뺨을 칠 때도 엄마는 울지 않았다

볼 빨개 입 안에 피가 터져 나오는
엄마보다 외할머니가 먼저 가시고
화병도 참 무서운 거라 말할 즈음
비바람에 시골집 지붕이 날아갔다
비가 와서 좋은 건 하나도 없었다

병상의 엄마가 비를 보고 말했다
비가 오면 온통 슬픈 일뿐이었어
그러나 슬퍼 말아라 비가 온다는 건
하늘이 나 대신 실컷 울어주는 것
슬픈 걸 먼저 알면 울 필요 없단다

누가 떠나면 거짓말처럼 내리는 비
때문에 엄마는 한결 차가운 몸으로
땅에 돌아가도 슬퍼할 필요 없었다
당신은 갔지만 비만큼은 내게 와서
창밖으로 후두둑 때려 붓는 빗방울

여왕벌의 비행

네가 그렇게 날아가 버릴 줄은 몰랐어
나보다 멍청하게 생긴 놈을 사귈 줄이야

한데 로맨스는 길어야 두 달
그 뒤로는 밥 먹는 네 앞에서
휴대폰 게임이나 하고 앉아 있겠지
영화 예약은 늘 네가 하고
모텔 예약은 꼭 걔가 할 거야

예전 같지 않은 느낌에 붙잡고 흐느끼고
별 것 아닌 것으로 꼬투리도 잡아보겠지만
의심쩍어 확인해 본 고 멍청이의 휴대폰이
모든 걸 도려내겠지 얄궂게

남자들은 다 알아 걔가 가짜라는 걸
여자들은 신기하게 모르더라고 웬걸
사실 알면서 모르는 척 어쩌면
난 다를 거라 생각하는 걸지도

동화 나라의 공주님
마법에 걸린 왕자님

둘은 운명처럼 만나지만
행복은 개뿔 결국엔 남남

이쯤 되면 뭐 뻔한 애기야
다 괜찮은 척 혼자 올려댔던 피드도
싹 다 정리해야겠지 걱정 마 요즘은
버튼 몇 번의 터치 타임라인의 흔적도
순식간에 사라질 거야 참 슬픈 일이지

—소싯적의 열등감 혹은 자격지심으로

치부해버리고 말았던 그때의 발상은
모두가 있는 그대로 사실이 되어버렸네
속으로 부렸던 찌질함이 저주가 되다니

나날이 죄책감 난데없는 배덕감에 나는
뻔뻔한 위로 한 마디 못하며 주춤거렸고
그러는 사이 새까만 위로에 낚인 너는
또 다른 멍청한 놈의 손을 붙잡네 꼭

그때 느꼈어 내게 없었던 건
용기 아닌 뻔뻔함
가짜로 된 꿈에 아름다운 넌
속아 비행 또 비행

요즘은 이름마저 흐릿해 떠오르지 않지만
얼마 전에 보았어 건너동네 경찰서 앞에서
기생오라비 또 피멍든 눈으로 실랑이하는 여자
꼭 널 닮아 있었지 왼쪽 눈 아래 눈물점 하나

아무리 울어도 점은 없어지지 않는다던
너에게 난 피부과 가서 점 빼라 했었지
말없이 다가와 내 볼에다 입술을 맞췄던
너와의 설레던 과거 아름답지만 짝은 없네

달콤한 인생 마당을 나온 암탉
꽃들에게 희망은 창살 밖 꿈 속에
파리해진 여왕벌은 또 다시 날고
또 날고 나네 너는 날 떠나갔고

잃어버린 속독

어떤 글이든 빨리 읽어내는 게 내 자랑이었다
요령은 문단 맨 앞과 뒷 문장만 찾아 읽는 것
어떤 글이든 책이든 하루를 채 넘기지 않았고
말그대로 어떤 면에선 천재가 아닐까 생각했다

시간 흘러 떡국을 두 그릇이나 먹게 된 날
문장 한 줄을 몇 번이나 반복해 읽는 날
봤다 글도 그림도 쉽게 의미가 차질 않아서
되새김질만 이틀 사흘 일주일을 넘기곤 했다

나이가 몇인데 벌써부터 뒷걸음을 치나
소싯적엔 참 똑똑했는데 시원시원했는데
나이 먹는다는 건 조금씩 답답해진다는 것
늘 나보다 빨리 크는 세상에 떠다닌다는 것

살아가며 의미 하나 놓치는 게 아쉬워서
세상 수없이 쓰인 좋은 글들 가운데
멈춰서서 멍하게 쳐다볼 일 한번 없이
쫓고 쫓기는 얼굴들로 사는 게 슬퍼서

마음 담은 글 한 줄이라도 써 본 사람은 안다
세상에 오롯이 돌아가 바라볼 수 있는 것
글로 된 해먹에 기대 누워 한 줄 한 줄
바삐 넘기다 책장에 손 베이는 일 없게 되는 것

뚝배기

사람들이 말했다
세상에는 온통 깨려는 사람들뿐이고
결국 누군가는 너를 산산조각으로 만들 것이다
모든 것은 깨지기 마련이며
바뀌는 것은 없을 것이다
팔다리는커녕
텅 빈 머리의 네가
홀로 열을 낸다 한들

그러니 누가 깨기 전에
너는 먼저 깨어 있으라
깨어지기 전에
먼저 깨는 사람이 되어라
네 없는 귀로나마 듣고
먼저 산산조각이 되어 있으라

그러나 어머니
저는 깨기도 싫고 깨어지기도 싫으니
차라리 깊은 잠을 자겠습니다
그래 너는 어느새
없던 귀나마 막아 버리고
사람들은 뜨겁게 달궈진 채
몇 시간째 식지도 않는 네게
여전히 깨어 있으라고만 한다

윤동주에게

당신이 내 꿈이었다
지긋지긋하고 꼬질꼬질한 꿈
당신을 매일 아침 학교 가는 가방에 넣고
녀석들이 모두 떠난 교실에서
남몰래 꺼내 읽다 퍼뜩 숨기곤 했다

우리의 닮은 점은
서로만큼은 부끄러 않는다는 것
당신과 달리 나는
당신이 부끄럽지 않았지만
당신을 꿈꾸는 나는 부끄러웠다 하염없이

그러다 하루는 무슨 바람이 불어
평생 글이 밉다던 어머니께
저 뭐가 됐든 글을 써 보겠다 했더니
갈기갈기 찢겨 쓰레기통에 낭자한 당신
아무도 없는 놀이터 구석에서 화염으로 태웠다

아쉬운 대로 학교나 당신의 자취 따라
독수리 높게 난다는 데 바람을 넣었지만
아무렴 꿈은 꺾이라고 있는 것이고
기껏해야 난 근처에서 서성거리다
눈 떠보니 문득 오늘이 돼 있었네

여전히 내게 글이란 고달프고 멀고
내 자화상은 눈이 삔 사람이 봐도
당신과 닮았다 할 수 없게 됐지만
괜찮다 결코 될 수 없는 당신이라도
진정 별처럼 사랑할 수 있음으로써

또 다른 고향에
눈 감고 간다
새벽이 올 때까지
별 헤는 밤 당신의 이름 빌려
쉽게 쓰여진 시 하나 써올리면서

가끔은 값비싼 볼펜을 쓰고 싶다

가끔은 값비싼 볼펜을 쓰고 싶다
문장과 단어 하나에 잉크 덩어리 하나
번지고 흩어질만큼 가벼운 글이
그까짓 싸구려 볼펜 때문인 것 같아서

가끔은 값비싼 볼펜을 쓰고 싶다
허접스런 내 글값과 부끄러움
가난한 삶의 더 가난한 시선이
단순히 싸구려 볼펜 잘못인 것 같아서

사실은 그냥 볼펜을 쓰고 싶다
내 부끄러움 한 줌 쥐고
아무도 안 보는 새벽 어느 운동장에서
홀로 흩뿌리다
언젠가 질식해 죽을 수 있을 것 같아서

송충이 솔잎 먹고 자란다한들
평생 딸기 한 송이 생각지 않겠느냐고
오르지 못할 나무라 죽어가는 마음
무너져가는 하늘이나마 우러러볼 수는 없겠느냐고

진인사대천명

어제는 꿈을 꿨다 나는 베스트셀러 작가가 돼 있었다 통장에는 매 달 수천만 원의 인세가 꽂혔고 신림동에 내 이름을 딴 문학관이 지어지고 이십 대 작가가 쓴 작품 최초로 수능이며 모의고사에 지문으로 쓰이기도 했다 나는 여전히 같은 집에 살고 있었는데 이사를 가는 대신 집주인에게 신간을 가장 먼저 보내주는 조건으로 절반의 월세만 내기로 했다 집 살 돈이 없는 건 아니다 베스트셀러 작가가 되고 나서도 월세살이가 더 멋있다고 생각했을 뿐이다

삶은 변한 게 없었다 같은 집 같은 컴퓨터 앞에 앉아 글 쓰는 하루가 이어졌다 가끔 무료해지면 집 앞 카페 구석자리에 앉아 글을 썼다 그러다 보면 땅거미가 지고 저녁이 돼 있었다 선선한 바람이 불었고 농구하기 딱 좋은 날씨였다 그러나 내 손가락은 베스트셀러 작가가 된 뒤에도 여전히 부러져 있었다

농구를 못하니 별 수 없이 코인노래방에 갔다 열창을 하고 나면 항상 당이 필요했다 배스킨라빈스에 가서 하프갤런 사이즈를 주문했다 무슨 맛으로 드릴까요 직원의 질문에 나는 엄마는 외계인을 다섯 번 담아달라 했다

집까지 가는 데 한 시간 넘게 걸린다 하고 왕창 담아 온 드라이아이스를 뜨거운 물을 담은 양동이에다 쏟아 붓는다 거품은 부글부글 끓어올라 이내 열 평 남짓한 집안 전체를 채우고 모기차 뒤꽁무니로 희뿌연 연기를 따라다니던 열 살짜리의 마음으로 글을 쓴다

적당히 다 쓰고 나니 밤 열한 시가 넘어 있었다 여전히 배는 고프지 않아 우유 한 잔 따라 마셨다 자세히 보니 유통기한이 사흘 지났다 TV를 켜 보니 마침 토요일이었던 모양으로 옛날 영화 걸작선 반쯤 보다 꾸벅꾸벅 잠든다

침대에 누워서는 늘 그랬듯 멍청한 생각을 했다 내일 뭘 하지 일단 해가 뜨는 대로 얼마 전에 완공됐다는 내 문학관에다 몰래 불을 지르고 도망칠 것이다 그리고 기자회견을 열어서 얼마 전 있었던 6월 모의고사에서 출제된 내 글의 핵심소재가 '소통이 단절된 현대 한국 사회의 슬픈 자화상' 따위가 아닌 '사흘 동안 똥을 못 싼 나머지 응축된 분노의 소산'이라고 발표할 것이다 나 같은 인간을 베스트셀러 작가로 만든 세상에 처절한 복수를 안겨줄 것이다

—잠에서 깨고 나니 나는 빚쟁이에 시달리는 무명 작가로 돌아와 있었다 월초에 내야 할 월세는 그대로 있고 빌어먹을 손가락은 아직도 부러져 있고 불을 싸질러야 할 문학관은 온데간데없고 내 멍청한 글을 갖다가 학생들이 점수를 따내야 하는 비극도 없었으니 한편으로는 다행인 일이었다 아 해가 떴으니 다시 글이나 쓰러 가야지 염병할 나는 언제 베스트셀러 한 권 내보나

야광

해가 뜨기 전
산언저리가 가장 어두울 무렵에 불을 켜 둬요
여태껏 잠 못 들어 외롭던 사람들
하나둘 모여 이내

동을 틔울 테니까

2부, 바다의 탄생

엎질러진 물

물을 쏟았다
어쩌다 물을 다 쏟았대
웅성웅성 에워싸는 시선에
죄송합니다 죄송합니다
엎드려 물바닥을 이리저리 손으로

저런다고 엎지른 물을 담겠나
한 번 쏟아진 건 아무도 주워 담을 수 없지
고개 푹 숙인 채
한참동안

그렇게 채웠다 양동이 절반을
슬피 눈물로 나머지 절반을
다 메우고 나서야 보였다

누구도 주워 담는 일에 관심 없다는 것
눈과 말 다음엔 한결같은 뒷모습
어디 물 쏟은 곳 없나 오늘도 찾아다니는

첫 사랑 니

여태껏 미련하게 참아왔구나
몰래 내 안에 살금살금 자라난
너 때문에 미치도록 아파했었지

날 채우던 니가 떠나고 나서야
피를 쏟으며 겨우 깨달았구나
나는 니가 사랑인 줄도 모르고

갈기늑대

아 뭐가 이렇게 긴 거야
저도 당황스럽단 얼굴
천적에 바삐 쫓길 때도
하물며 즐거운 밥때도
고 긴 다리로 겅중겅중
다리가 길어서 슬픈 동물

하필이면 사람들 상상보다
훨씬 길게 태어나 버려서
날 더러 개나 여우 아니라
늑대라 하네 하다못해
친척집 여우마저 넌 다르다며
무리에서 떠나라 한다

제길 사람은 길면 길수록 좋다며
이 긴 다리 잘라낼 수도 없고
결국은 끼리끼리 어울릴 수밖에
갈기늑대 속 홀로 빠져 속도 없이
피보다 자주 눈물 머금으며 산다
무안했는지 하품이나 뻑뻑 하고 간다

세족식

네게 걸어오느라
한참 더러워진 발을
너는 깨끗이 씻어오라 했다

나는 너를 사랑하지만
그 더러운 발은 사랑할 수 없어

나는 발을 씻으려 한참 동안
은색 양동이에 너의 눈물을 모았고
그 물은 날 괴물로 비췄단다

화가 나 발을 집어넣으니
당장 모든 걸 엎어 버리고
퉁퉁 부은 눈으로 내게
멀리 떠나라 말하는 너

미안해 내가 사랑한 것은
내게 걸어오던 네 모습이었어
너도 너의 씻은 발도
사실은 필요하지 않을지 몰라

나는 굳은 얼굴로 추하게 엎드려
양동이에 물을 그러모으고 있다
너의 이빨에 처참히 잔해가 된 채
물을 주워 담고 있다
발을 씻으려 하고 있다

여름으로부터

나뭇잎은 서로 부대낄 적에만 비로소 소리가 난다
바스락바스락 별 볼 일 없는 것들이 내는 마찰음
푸르던 우리도 설레기 시작하면 찾아오는 가을
시들어 떨어질 땐 작별인사도 없이 떠나가는

덧없는 추억은 한철 바람에도 낙엽처럼 지네
앙상한 정적을 마주하고 겨울이 흐느적대면
혹시 당신도 떠올리곤 하나요 그때 그 여름
아름드리나무 아래 온종일 빛나던 그림자까지

봄으로부터

봄의 꽃말은 아름다운 이별
사방팔방에 피는 분홍색, 연분홍색
칙칙한 삶의 스펙트럼에서
겨우내 니가 오길 기다렸지만
초록은 늘 네가 고개 떨구고 곤두박질치고
더러운 발들에게 짓밟힌 뒤에야 오네

계절은 수십 번 오고 가는 여름과 겨울
처음부터 우리에게 봄이란 없었고
미련과 그리움과 견뎌낼 시간들뿐인데
아 그때 우리는 대체 어떤 마음으로
곧 떨어질 줄도 모르고 그리 예뻤나
보름도 못 갈 흐드러짐인 줄 정말 몰랐나

선인장

1
말하자면 정확히 날씨 같은 표정이었다 잔뜩 흐린 가운데 언제 비가 터져 내릴 것 같았고 네 손에는 삼십 분 만에 써 갈긴 내 이별의 편지가 한 통 그 편지에서도 난 네가 우는 모습이 세상에서 제일 밉다고 썼다

2
그 때문일까 넌 펑펑 눈물을 쏟는 대신 꿋꿋한 모습 안간힘을 쓰며 지키고 있었고 심지어 방긋 해맑게 웃어 보이기까지 했다 그렇게 웃으면 우리가 만나던 그날로 돌아가기라도 한다는 듯이 태초의 설렘으로 돌아가 서로 얼싸안고 또다시 지겹게 사랑하려는 듯이

3
그런 네가 너무 미워서 난 차라리 뺨이라도 치지 않은 게 대단하다고 했다 네가 나오는 영화는 너무 지겨워 스크린을 찢어 버리고 싶다고 했다 필름을 영원히 태워 버리겠다고 했다 웃는 낯에 마침내 눈물 한 방을 떨구는 너로부터 돌아나오자 거기 비로소 세상이 있었다

4

그 세상은 온종일 날 들들 볶고 달구고 이슬 한 방울 핥아
가도록 허락지 않아서 난 너처럼 날 위해 눈물 한 방울 흘려
줄 사람 없이 떠돌아다녔다 그때부터 비는 내리지 않는 오
늘마다 난 밉게 울던 네 얼굴로 슬픔을 짓고―그 흔했던 마
음 하나 영글지 않는 땅 위로―날카로이 가시를 싹 틔우고
이 모양 이 꼴이 되었더랬다

바다의 탄생

나는 이제껏
한 줌 바람 없는
침묵의 호수

가끔 떠도는 조각배
수면에 통통 떠도
금방 썩어 가라앉고

구름도 단비도 없이
하루하루 메말라가는
가엾은 웅덩이였는데

바람이 불고 파도가 일고
비가 내리고 폭풍우 치고
낮의 광채와 밤의 별빛이

한 순간 태어났네
오늘 네가 흘러서
나는 바다가 됐네

모자이크

매만지는 것에 대해

야야 소피아 당신을
위에서 내려다 보네
아이야 너는 따라서
돔의 꼭대기에 올라
수줍게 종을 울리렴
그럼 피사의 사탑이
이내 똑바로 서겠지
오른쪽 지붕을 들면
네 심장소리가 들려
어쩌면 좁은 우주서
가장 아름다운 구체
한 쌍에 파묻히더니
별안간 고민은 없고
온기에 취해 잠드네
살 냄새에 잠겨드네
네가 주는 사랑없이
더 살아갈 도리없네
사랑하는 것도 없이
숨 쉬어갈 이유없네

파도타기

가장 어려운 건
늘 눈앞에서 깨지는 파도

크게 일은 곡선이
바람 품으며 떨구는 고개

온몸으로 들이받고
허우적 허우적

맥 못추고 고꾸라지면
발 닿지 않는 바닥

갖은 몸부림하며 겨우 찾은
스폰지 판자에 의지해

입안 소금기를 게워 내고
젖은 세수하며 시야를 걷어 보면

이어서 두 번 세 번 몇 번이고
일렁이며 단 한 번 날 위해 멈춰 주지 않는

바다 위에선 두 눈
단디 뜨고 바라보아야 한다

몸은 무겁고 눈은 따갑고
입은 간절히 맑은 물 한 잔 필요하겠지만

끊임없는 파도 깊숙이
머리를 들이밀어야 버틴단다

너울의 안으로 안으로
더 거센 겸허함이라야 견딘단다

뻔한 일요일

아무 일 없는 어느 일요일 아침
난 네가 휴대폰을 만지작대는 소리에 눈을 뜨겠지
눈 비비며 일어나 걸어간 부엌에서
미지근한 물 한 컵 떠와 나눠 마시고
그대로 다시 누워 엉킨 채
스르르 서너 시간을 더 잠들었다 늦은 점심에 깰 거야
난 몰래 일어나 후라이팬을 데워놓고
유통기한이 하루 남은 식빵의 마지막 두 개를 꺼내 넣는데
넌 올리브기름 두르는 냄새에 불현듯 일어나
화장실에서 눈곱을 떼고 세수를 하고 로션을 바르고
나오면 토마토 넣은 오믈렛, 토스트, 뜨거운 커피
멀리서 찾아오는 옆집 티비 소리와 함께 먹고 마시면
십 분도 안 돼서 누가 먼저 화장실에 갈지 다투게 될 거야
오후 두 시 반 쯤 돼선 침대에 누워 유튜브나 같이 보다가
오늘은 뭘 하지, 하는 질문에 말없이 껴안아 뒹굴고
자연스레 아무데도 가지 않기로 결론 내리겠지
넌 책장에서 어느 외국 작가가 쓴 소설을 꺼내와 읽고
난 곁에 누워 플레이리스트의 세 번째 노래부터 듣기 시작
할 텐데
굳이 손을 길게 뻗어서 내 오른쪽 이어폰을 빼가는 이유는
오늘도 같은 노래를 듣고 있는지 확인하기 위함일 거야

그렇게 눈 감고 밍기적거리다 이마에 감촉이 않으면
내가 커튼으로 햇빛을 꺾을 테니 우리는 맹인처럼 뒤섞이자
어느새 습기 가득해진 방 창문을 열어젖히면
멀리 산마루 미끄럼틀에서 내려갈 준비를 하는 붉은색 노란색
시계가 자주색과 남색이 될 때쯤에는 피자가 도착할 거고
즐겨보는 미드 한 편을 틀어놓고 허기를 채우다 보면
늘 그랬듯 큼지막한 조각 두세 조각이 남겠지만
지퍼백에 넣어 얼려 두면 언제든 데워 먹을 수 있어
부른 배를 붙잡고 엉금엉금 침대로 기어가면
먹고 나서 바로 드러눕는다고 또 한 소리 들을 거고
소화나 시킬 겸 서로 가장 평퍼짐한 옷 차려입은 뒤
하루의 늘그막 돼서야 동네 마실을 오다니겠네
그럼 적당히 무덥고 적당히 무료해질 때 쯤
마침 눈길 닿은 길가 코인노래방에 들어갈게
난 부끄러워서 너한테 다시 선곡을 맡길 거고
네가 제일 좋아하는 노래는 가장 마지막에 부를 거야
나와 보면 가게 불빛 하나 둘 꺼져가는 동네
아직도 분주한 슈퍼마켓에서 내일 먹을 식빵을 사서 돌아가면
현관에 들어서자마자 창밖 소리가 주룩주룩
내다보니 우리 지나온 길이 수채화가 돼있네
안도의 한숨과 함께 편한 옷보다 더 편한 모습이 된 다음

거울 앞에 나란히 서서 양치를 하겠지
난 얼굴 뾰루지에 투덜거리고 있는 널 뒤로 하고
전구색 전등 하나 남기고 집안의 불을 모두 끈 뒤
적당한 영화 한 편 찾기 위해 가나에서 파하까지 뒤져 보다가
네가 나오면 담요 한 채를 함께 두르고 앉을 거야
구태여 십수 년 지난 옛날 영화를 고르는 것은
언제 누가 잠들어도 상관없다는 뜻
자정 넘게까지 뻗어 나오는 불빛을 감상하다 보면
반드시 누군가는 어깨를 빌려주게 돼 있어
그럼 아무도 모르게 입을 맞추고
또 다시 약속처럼 하루와 일주일을 떠나보내고

옥중편지

새로이 해가 밝은 뒤 처음으로 싸웠던 그날은 당신의 생일이었다. 아무것도 아닌 것으로 번진 싸움은 그 원인이 아무것도 아니라는 것 때문에 더 큰 싸움이 되곤 했다. 염려했던 상황은 늘 가장 소중한 때에 일어나 시간을 상처 입혔다.

미안하다는 말을 백 번이 넘게 했다. 상황에 대한 이해는 수십 번 했다. 원래부터가 아무것도 아닌 일이었다. 다만 감정만 기름때처럼 남아 동공을 어지럽히고 또 물들였다. 우리는 저녁이 될 때까지 아무 말도 없었다. 밥도 먹지 않았고, 심지어 화장실도 가지 않았다.

사랑하는 사람을 눈앞에 두고 사랑한다 말하지 못했다. 이별보다 슬픈 정적에 숨이 막혔다. 우리는 벙어리처럼 말하고 맹인처럼 바라봤다. 견디다 못해 책장에 숨겨놨던 선물을 꺼냈다. 당신은 말없이 다가와 상자를 받아 들었다.

겨우 당신이 갖고 싶어 하던 향수 한 통이었다. 추레한 선물이라는 건 뒤늦게 깨달았다. 당신은 향수의 포장을 뜯어 손목에 한 번 뿌리고, 가볍게 냄새를 맡아보더니 함께 들어 있던 편지를 꺼냈다. 세 장밖에 안 되는 편지를 당신은 삼십 분이 넘게 읽었다.

불과 하루 전에 새해가 밝았는데, 당신은 고리타분하기 짝이 없는 용서를 또 한 번 했다. 편지에서의 나는 당신에게 향수보다 더 중요한 선물을 숨겨두었다고 했다. 나는 오늘과

같이, 아마도 영원히 죄인일 것이다. 때문에 매일을 선물처럼 살아가는, 사형을 앞둔 수인囚人 한 명을 네게 주기로 했다. 당신을 사랑하는 날 평생에 걸쳐 주겠다고 했다.

당신은 울지도 않고 마음을 내밀었다. 그러나 당신이 아무리 많은 보석금을 내놓은들, 앞으로도 내가 풀려나는 일은 없을 것이다. 죽는 날까지 당신을 우러르며 곁에 갇힌 채 있을 것이다. 죽어가는 마음으로 매일을 기도하듯이 살아갈 것이다. 그래서 난 이 시를 쓰기로 했다. 당신에게 하염없이 기쁜 마음으로 옥중에서의 편지를 써 부친다.

맴맴

몹시 뜨거운 두 달이었어
티비에서는 온종일 물이 튀기고
스피커에서는 노는 소리 떠드는 소리
바깥에는 실외기 바삐 돌아가는 소음과
여덟시 반까지 내리쬐는 햇빛에
사람들은 바람을 들고 다녔지 아주 작은

이번 여름은 유달리 무더웠지만
비가 오고 덩어리 바람이 불어오고
에어컨을 끄고 방충망의 구멍을 확인할 즈음
또 너는 잊고 있던 사실을 떠올리네
늘 그랬듯 계절이 지나간다는 걸

얼마 뒤면 또 가을이 오겠지
어느 날 아침 커튼을 치듯
높게 뻗은 하늘과 함께
낙엽 떨어지는 냄새가 나겠지

가을이 슬픈 이유는
다가올 겨울과 또 멀리 있는 봄과 여름 가을
피어오를 설렘 대신 저무는 마음이 남는다는 것
사람들은 다시금 가을에 입을 옷과
크고 작은 동굴로 들어가 겨울잠 청하겠지만

여름내 나는 말했어
찢어지고 닳아 없어지도록
기다려 온 여름이라는 걸
기다린 만큼 사랑하지는 못한다는 걸

끝나기도 전에 끝을 상상하는
헤어지기 전에 인사 먼저 준비하는
너와 달리 난 가을에 입을 옷 한 벌
변변찮게 준비할 수 없겠지만

네게는 또 다시 여름이 오고
또 다시 뜨거운 두 달이 올 것이고
기다린 만큼 슬피 가을로 떠날 것이고
잘 가라는 한 줄기 말 들리지 않겠지만

가을이 오면 네게 말할게
내 오직 죽어가는 마음으로 너를 사랑했노라고
여름이 오면 기억해 줄래
너만큼 기다리는 마음으로 내가 사랑했었다고

모래의 성

우리 둘 손 잡고 걸어 오르는 모래 언덕에서 내딛는 말 내뱉
는 발 한 마디마디마다 푹푹 자국이 남고 아래로 하릴없이
꺼지더라도
놀라지 말아요 내 별 볼 일 없는 마음 소리 없이 먼지같이
쌓이고 쌓이다 보면 시간은 뒤늦게나마 외투가 되어주므로
오, 알고 보면 얼마나 단순하고 어설프고 헤픈 사구인가요
흘러내리는 눈물 따라 단단해지는 것 세상에 우리들뿐임을

무제

햇살 좋은 구월 어느 일의 운현궁
돌담 건널목에 있는 적적한 카페 테라스에서
마주 앉아 홍차를 마시는 네게
나는 아무 이유 없이 사랑한다고 말할 것이다
낡고 허름한 청바지 속 주머니에서
내가 너를 위해 썼던 시를 꺼내 건넬 것이다
네 웃는 모습이 아름다운 이유를 설명하다가
못내 표정과 눈길로써 네 얼굴에다 사랑이라 써붙일 것이다
해가 지고 가을밤마다 헤아리던 별 한 가운데에
너를 딴 이름을 지어주고 밤새 지켜볼 것이다
그럼 난 네 별에서 빛이 미치지 않는 도심과 지하철 정거장에서
남몰래 네가 주제인 글을 또 속으로 썼다 지웠다 썼다 지웠다
누군가 훔쳐볼까 맘 졸이며 표정 없이 어딘가로 걷고 있겠지

둥둥

우거지는 초록 속으로
시간이 흘러 지나가면

고이고이 마음 접어서
종이배 띄워 보내겠소

조각조각 찢어질 진정
다시 펴말려지지 않고

당신으로 흠뻑 물들면
조용히 침몰하는 범선

시간처럼 당신이 가고
나는 떠내려가오 둥둥

개구리 왕자

1

—어쩌면 마법인지도 몰라
우리 사이가 이렇게 된 건
유치한 동화책 이야기처럼

어느 날 네 앞에 마주 선 나는
너무도 작고 보잘 것 없는 존재
목청껏 네 이름을 불러보았자

들리는 건 고작 울음소리였지
시끄럽고 짜증스럽기 짝이 없는
단 하루를 빼먹지 않는 오해성사

모든 게 망가지고 부서져 내리고
엄숙하게 선고된 이별의 판결문
벙어리 사형수처럼 목을 드리우고

2

—마침내 네가 말했지
사람은 변하지 않는다고
몇 마디 사과와 다짐이야
사나흘 지나면 똑같아진다고

맞아 사람은 변하지 않고
나는 반드시 되돌아갈 거야
네게 사랑받았던 시절의 나로
되돌아 되돌아가서 말할 거야

정말 오랜만이라고
오늘도 내 곁에 있어 주어서
어제와 다를 바 없이 감사하다고

초라하고 실망스러워진 내 모습마저
애써 감싸주었던 그때의 사랑을
죽는 그 순간까지 잊지 않을 거라고

3

—그러니 한번만
단 한 번만이라도 좋으니

이렇게 추레하고 못난 내게
다시금 입맞춰 주겠니

이 악몽 같은 마법에서 깰 수 있게끔
과거 한때 사랑받을 자격 있었던 나

이만큼 바보로 만들어버린
그 이름 익숙함이란 마법

환승이별

시작 이나 끝
작은 사랑 이
이 사람 지나
나랑 지은 시
끝 이나 시작

나와 나룻배와 흰 초생달

매일 우울해 죽어가는 내가
써주는 글 따위 읽지 않겠다던 네게
마지막으로 시집 한 권을 엮어주었다

그래 가난한 내가 널 사랑해서
오늘도 바깥에는 비가 죽죽 내리는데
더 이상 날 사랑하지 않는 널 위해 말했다

언젠가 반드시 비극적이고 비극적인
미워하던 그들조차 못내 안타까울만큼
그런 어처구니없는 죽음을 맞이하겠다고

내가 주는 건 되려 그땔 위한 글이야
애초에 그 시가 어떻게 쓰여졌는지
같은 건 아무래도 좋은 일이었거든

그때 되면 내가 쓴 단어 하나 문장 한 줄
심지어 띄어 쓴 공간에까지 가격표가 붙겠고
넌 이틀날 묻어 뒀던 내 글 위의 먼지를 털어

누구에게 단 한 번도 공개되지 않은 시집이라고
텅 빈 종이에 뭘 써도 상관없다는 점에서는
백지수표나 고흐의 그림처럼 될 수도 있어

그러자 몸서리치며 가지 말라던
사랑했던 네가 그렇게 죽어 버리면
더 견딜 수 없이 슬플 거라던 네게

그래 나는 참 다행이라고 말해주었다
네가 나로 인해 슬프고 슬퍼할 만큼
더 많고 많은 돈을 받게 될 테니까

그만한 돈으로 살 수 없는 거라곤
차게 식은 밥과 되돌릴 수 없는 가난과
그토록 미워하던 나와의 추억뿐이겠지

천연 사이다

넌 내가 술을 싫어하는 줄 알았지
그런데 말야
술이라는 건 나이를 먹을수록 좋아지는 건가 봐

난 어제도 목 좋은 술집에서
나 좋다는 사람들과 마주 앉아서
두런두런 날이 샐 적까지 목에다 부었다가
오늘 아침에는 콩나물국밥에
해장으로다가 한 번 더 부었지
마주보고 앉은 친구가 나더러
이놈 이거 꾼 다 됐네 꾼 하고 웃더라
하하

누군 삶이 쓸수록 술이 달다하고
또 누군 버틸수록 마실수록 느는 거라고
누구나 웃으며 내게 술 한 잔 따라주는데

이번만큼은 네가 틀렸어 하고
잔 끄트머리를 혀에 대자마자
씁 하며 숨을 참고 있는 날 봤지

거짓말쟁이는 네가 아니라
또 한 번 나라는 걸 알았지

마지막으로부터 두 번째 편지

안녕. 손편지를 쓰는 일이 새삼스러워졌다는 것에 놀랍고 조금 슬퍼. 지난 해 이맘때만 하더라도 일주일에 한 통은 꼭 남겼던 것 같은데. 일이 바빠졌다는 건 변명처럼 느껴질 수도 있겠다. 다만 요즘 내가 느끼는 건, 편지를 쓰는 데 필요한 건 시간보다도 정서적인 여유라는 거야. 매일 아침 마시던 드립커피를 인스턴트로 바꾼 것도 비슷한 이유였지.

생각해보니 최근 두세 달 동안은 단둘이 즐겁게 얘기한 기억도 없는 것 같아. 우리 집 앞에 새로 생긴 펍에 가서 한 잔 걸치기로 했던 것 같은데 곧 같이 갈 수 있었음 좋겠다. 분위기도 메뉴도 꽤 괜찮은 것 같던데 손님이 없어서. 망하기 전에 같이 가자. 에델바이스 생맥주는 꼭 마셔보고 싶거든.

오랜만에 가족과 함께 추석을 보내러 가는 널 보면서, 사실은 조금 복잡한 감정이 들었어. 알다시피 나는 가족과 거리를 둔 지 한참 되기도 했고, 연휴 동안 너랑 빈둥거리며 볼 영화를 골라놨거든. 이터널 선샤인이라는 영화가 그렇게 좋다더라. 짐 캐리는 내가 제일 좋아하는 배우고, 이번 추석에 너랑 같이 더 좋아질 예정이었는데(웃음). 아직 내가 확실한 네 가족이라고 말할 순 없으니까. 그럼 확실한 가족의 기준은 대체 뭘까 라는 질문이 떠오르지만 명절 동안은 집어넣어 두기로 했어. 추석 기차표를 예매하고 들뜬 네 모습을 보면서.

요즘 들어 부쩍 힘에 부치는 느낌이야. 혈색도 안 좋고, 환절기에 접어들면서 몇 번 기침도 하던데 연휴가 끝나는 대로 병원에 꼭 가 봤음 좋겠어. 많이 아프기 전에 가야 별 탈이 없을 테니까. 뭐 이건 내가 할 소리가 아닌 것 같기는 하네. 모쪼록 서먹해진 아빠와도 화해하고, 남동생들과도 잘 놀고 편하게 쉬다 돌아오길, 방전돼서 빈자리만큼, 혹은 그 이상으로 행복한 시간을 채워오길 바라. 결국 인생은 충전과 소모의 연속이니까. 나는 걱정할 필요 없어. 아직은 에너지가 좀 남은 것 같아서.

작년 이맘때쯤 손편지를 많이 썼던 건, 내가 아무 글이나 써 줄 때마다 숨 넘어 갈듯 감동하며 기뻐하는 네 모습 때문이었던 것 같아. 넌 내가 천상 로맨티스트라고 말했지만. 바쁘다는 핑계로 몇 달 전 사 놨던 편지지를 이제 뜯어 쓰는 걸 보면 그렇지도 않은 것 같아. 따져보자면 조건적 로맨티스트가 적당하겠다. 내가 쓴 이 보잘것없는 글을 읽고 네가 조금이라도 행복해진다고 하면, 앞으로 몇백 통 정도 더 쓰는 걸 고려해 볼게. 행복한 연휴, 좋은 여정, 안전한 귀갓길 되길. 아 참, 사랑해. 정말 많이.

PostScript; 한 달 전에 죽었던 로즈마리 화분을 새로 사 놓았어. 이사 온 뒤로는 햇빛이 잘 안 들어선지 금방금방 죽는 것 같은데 이번에는 좀 오래 갔으면 좋겠다. 떨어진 잎 중에서 가장 향이 깊은 걸 몇 개 봉투에 넣었어. 내려가는 길 기차에서, 네가 조금 나른해질 즈음 찾을 이 편지봉투로부터. 은은한 로즈마리 향이 나길 바라며.

동지

넌 내가 쓰는 우울함이
세상에서 제일 밉다 그랬지
그럼 난 사랑과 세상의 아름다움
노래하는 글자 몇 자 쓴 뒤 늘처럼
감옥과 거스름과 고독에 대해 쓰곤 했어
어떻게 말할 수 있을까?
어쩜 난 알고 있었을는지 몰라
태생적 우울은 관심을 끈다는 걸
비 맞고 죽어가는 고양이 한 마리
가만 놔두지 못하고 껴안아 우는
멍청이들이 세상엔 널려 있다는 걸
그럼 가진 것 없는 내 주제에는
침 발라 눈 아래 흠뻑 적시고
헝클어진 머리는 감지도 않고
약을 털어 넣고 종일 죽어가는 표정
느닷없이 떠나고 비는 일부러 맞고
곡기도 끊고 야윌 수밖에 없다는 걸
그렇게 사경을 헤매던 어느 마취실
눈물 가운데 헤엄쳐 온 네가 말했지
넌 슬픈 주제에 덜 슬픈 가면을 쓰고 있구나
그렇게 불행하면 행복해질 수 있니 하고

투명한 눈시울을 들어 나를 비추네
거기 외롭고 슬픈 고양이가
병든 개 몰골을 하고 서 있네

거울이 깨지고 있네
겨울이 닥치고 있네

3부, 적색편이

보라색 증명

가끔 하늘은 보라색이 된다
피어오르던 홍염이
쏟아지는 저녁에 맥 못 추고 휘청휘청
으깨지듯 색상이 엉키는 그런 때
일 년에 십 분쯤 뜨는 그런 하늘이 있다

금방 바쁜 사람들은 말했다
아니 보라색 하늘은 없어
카메라나 네 눈
혹은 둘 모두에 필터가 있었기 때문이야

난 대답했다 적어도
더 아름답게 보는 건 잘못이 아니야

안타깝게도 그날의 다른 기억이나
카메라 필터의 기본값이 무엇이었는지
당최 떠오르질 않았다

그러던 어느 날
선명한 보랏빛을 정수리 위로 맞으며
아무렇지 않게 걸어가는 사람들과

결단코 찍어낸 사진을 몇 번이고 확인하는 나와

비웃듯 저물어가는 올해 그 보라색 하늘과

왜 날 떠나, 가나?

내가 지금보다도 어렸을 때였다
나는 어쩐지 슈퍼마켓의 초콜릿을
초콜릿 나라의 초콜릿 나무로부터
몰래 따다 와서 파는 줄로 알았는데

어처구니없게도 알아채 버렸다
느닷없이 어른이 된 어떤 겨울
세상에 초콜릿 나무는 한 그루도 없고
공장과 롯데제과 주식회사만 있다는 걸

세상은 수많은 주식으로 구성된
수많은 주식회사로 구성돼 있고
내 영혼은 자본금 한 푼 인상 없이
액면분할만 하릴없이 계속해 왔고

난 내 몸의 대주주조차 되지 못해서
주주총회는 정상업무 지속을 결정
초콜릿으로 사랑을 빚어 준다는 날
새벽 댓바람부터 카운터를 지켰고

빙그레 웃으며 초콜릿 들어 내미는 아이에게
난 친절히 천오백 원이라고 말해주고 있다
가나 로고 크게 박힌 박스로부터 초콜릿 따다가
매대에 진열하곤 새 어린이들을 기다리고 있다

아 초콜릿은 어디서 와서 어디로 가나
궁금해 밤잠 설쳤던 나는 어디로 가나
내가 태어나서 처음 배웠던 글이 가나
청춘은 예고도 없이 와서 덧없이 가나

제논의 역설

당나귀를 본 적이 있다
눈앞에 당근을 매달고
멍한 눈으로 내내 걷는
바보 탄탈로스의 목마

부지런히 한 걸음 다가서면
다시 한 걸음 멀어지는
코앞의 당근은 영원한 북극성
아문센도 겨우 우러러보는데

제 꼬리 좇아가며 빙빙 돌던
노란색 고양이가 내게 말했다
평생 좇아도 되는 꿈무니라곤
네 잃어버린 줄무늬 꼬리뿐이라고

줄에서 낙오된 바보들에게나 보인다
맨 앞의 어느 별 황망히 좇는 아해와
그 뒤의 아해와 아해와 아해와 아해들
죄수들은 막다른 골목으로 행진 또 행진

꼬리 잃은 바보들 고개 푹 수그린 채로
발이 시려 제각기 앞뒤 놈 발 밟으며 간다
나 아닌 우주는 나날이 커지고 넓어지는데
빛보다 느린 속도로 피로 발자국 찍으며 간다

비와 목요일

새벽부터 추적이는 소리로 잠을 설쳤다
방충망 어디론지 스며 들어온 모기와
아침 녘 알람에 졸다 깨듯이 눈을 떴는데
좁게 열어 둔 창문 안팎이 흠뻑 젖었다
난 고개 들어 옅게 잿빛 하늘을 열곤
집을 쓸고 닦다 빨간 머리끈을 찾았는데
이젠 주인 없는 처지라 구석에 던져 놓았지
지친 마당에 아무 책 꺼내 아무 쪽 읽다가
새벽 간 받은 메시지들에 꼬박 전서구를 돌려보내
문득 시계를 쳐다보니 밥 때가 됐구나
아침은 또 놓쳤구나며 느지막이 옷을 고르다
결국 어제 입었던 옷에서 바지 하나 바뀐 채
탁색 장화 한 켤레 꺼내 신고 바깥을 향했다
발길 닿은 건 늘 지나쳤던 집 근처 국수집
음악 대신 빗소리 켜 놓은 가게 구석 자리에서
후룩 후루룩 씹고 삼키고 동치미 국물 떠 마시고
다음에 또 오라는 주인아저씨 인사와 함께
뒤돌아보니 가게 이름은 아줌마 성과 이름에 국수집
언젠가 편의점에서 샀던 투명한 비닐우산 활짝 펴고
걷고 걷고 걷다 보면 마침내 비 내리는 거리와 마음
어쩔 도리도 없이 나부끼고

또 휘청이고

아지랑이

껴안을 사람이 필요해

불현듯 네 방을 찾은 건 두세 시간 뒤 평일이 되는 밤이었다 난 여전히 계획 없는 인간이었고 넌 입던 속옷까지 벗고 날 끌어당겼다 내 어깻죽지 맞은편으로 댄 네 왼쪽 얼굴로부터 갈비뼈와 허리 그리고 허벅지와 발끝자락까지 뒤엉켜 체온을 나눴다 마치 이불 밖으로 눈보라가 치고 있다는 듯이 보라색 병정들이 칼을 들고 우리를 쫓아온다는 듯이

내 몸은 금세 따뜻해졌고 비에 젖은 머리도 소금기 없이 말랐다 그러나 아랫도리를 더듬는 네게 난 힘껏 껴안는 것 외에 아무 일도 하지 않았다 난 지쳐 잠들고 넌 지쳐 잠든 내게 지쳐 잠들었고

이른 아침보다 더 이른 아침 나는 축축한 새벽 공기와 함께 방을 떠나 집으로 향했다 옷은 아직 널브러져 있고 쓰레기통은 오래 비우지 않아 위로 초파리들이 나풀거렸다 난 그대로 주저앉아 한참을 울다 밥을 먹었다

어머니

오후에 일어나 장을 보고
어묵 잔뜩 넣은 떡볶이 끓여주던 당신
잔뜩 취해 돌아온 새벽녘
물건을 던지고 책장을 무너트리던 당신

이젠 기억도 안 나요
얼마나 고민하곤 했었는지
당신은 나쁜 사람일 리 없지만
또 당신은 착한 사람일 리도 없죠

용서라니요?
한때 날 밀치고
밟아 짓이겼던 당신
이제와 뒤늦게 용서라니요

아니 사실 용서라는 것은
자격도 필요도 없었죠
단지 이해할 뿐예요
한때 구름 같았던 당신

멀리 와 보니 단 한 명
슬퍼 빠진 사람이었던 걸
매일 나약하고 서글픈 마음으로
빗방울 떨어트리곤 했었다는 걸

살다 보면 어떤 슬픔은
받아들일 수밖에 없죠
뼈가 붙고 살이 아물어
언젠가 웃으며 걷게 되더라도

몹쓸 흉터 떨리는 손가락은
어찌할 방도가 없겠죠
그저 생각할 뿐예요
안주 하나 없이 소주를 마시던 당신

시고 오래된 김치 대신
세상 떠다니는 슬픔 한 점 집어삼키며
삶보다 덜 쓴 술잔 따라 올리는
지금의 나라면 함께 슬퍼할 수도 있었을까요……

아파트

어스름이 깊게 깔린 밤 별 하나 없는 어두컴컴 아래로 아파트 단지가 내려앉는다 바둑판 사이의 공백에선 듬성듬성 사람사는 불빛이 뿜어나온다 그렇구나 우리는 저 조그만 불빛 하나 내 것으로 만드려고 사네 그러나 신축 아파트 공사 현장이 불빛들을 가로막고 난 황망히 서울의 텅텅 빈 십중 일이의 집들을 떠올리고 만다

봄비

봄이 되기 전에는
네가 온다 했지
난 그 말만 믿고
지난 겨우내
널 기다렸는데

어느새 창밖에는
속도 모르고
네가 주룩주룩
비처럼 쏟아지고
네가 내리고

상식적인 글의 가치

글 다 썼으면 냐뒀다가 오후 세시 반에 맞춰서 올리세요

??
제가 왜 그래야 합니까
전 제가 올리고 싶을 때 올릴건데요

왜냐면 사람들이 페이스북을 가장 많이 보는 시간이 오후
세 시에서 네 시 사이거든요
밥 먹고 와서 일 좀 하다 완전히 나른해지는 시간요

아 그래요
근데 전 밥 먹고 나른한 사람들만 제 글을 보진 않을 것 같
은데요

최대한 많은 사람이 보면 좋잖아요 이런 게 다 전략인데
요즘에는 상식이에요 수요일 오후 서너 시가 제일 인기 있는
시간대라니까 그때 올리면 무조건 이득이라구요

많은 사람이 내 글을 보길 바라면 그냥 더 잘 쓰면 되는 거
잖아요 그걸 수요일 서너 시에 올리든 새벽에 올리든 뭔 상
관이에요

뭔 상관이냐구요 그리고 저는 많이 안 본다고 해서 제 글이

아니 정말 더럽게 삐딱하시네 글이야 많은 사람이 봐야 가
치가 있는 거지
심지어 방금 뭔 상관이냐고 두 번 말했잖아요 뭐야 기분 나
쁘게
아무튼 시키는대로 해요 진짜 왜 이리 잔말이 많아

약간의 반항과 함께 정확히 오후 세 시 이십구 분에 올라간
게시물은
다음 날까지 삼천구백 개의 좋아요와 사백이십 개의 댓글과
백십아홉 건의 공유 그리고 오십일만의 도달을 기록했고
그게 내 글의 가치였다 정말 슬프게도

남남북녀

북녘에서 헤엄치고 날아 남쪽까지 왔다
갈수록 따뜻하다는 땅 아래로 아래로

먹던 밥도 토해내 젖처럼 먹였다
타지에서 낳아 길러도 자식에겐 고향인데

일가친척 버려두고 온 죄 어찌나 큰지
몇 발짝 떨어진 옆집도 남남이라서

결국 도망친 곳에 낙원 없더라는 말
코 베가는 사람들 핀잔처럼 주고 갔소

그러니 고향 사람들 잘들 들어두시길
죽을 고생 하며 와 봤자 남들뿐이니

차가운 마음은 머나먼 남북도 하나같아서
굶어도 외롭게 죽는 일 몇 배는 슬프더이다

2호선의 색

문득 색상 팔레트를 열어봤다
네모 칸막이를 사이에 둔 색들은 에메랄드
크롬 옐로와 사이프러스의 초록
쪽빛 잠긴 바다와 황혼에 적신 밤하늘
여름밤 반딧불이 꽁무니에 매달리던
색 블라우스를 벗어 올리던 너의 맨살
뒤로 비쳐온 호텔 방 아련한 전등까지

……멍하니 쳐다보다 울리는 목소리
내선순환열차가 스크린도어 너머를 휩쓸며 온다
전철 속 사람들 밀물처럼 떠내려오고
플랫폼 사람들 썰물처럼 밀려든다
나의 팔레트 고이 덮개 닫아 놓은 팔레트
소중함은 파도에 속수무책 흔들리고
질서없이 뒤엉킨 채 표류한 강남역

뒤늦게 열어보니 온데간데없는 물감들
눈앞은 온통 검고 까만색에 이따금
소금 같은 별들이 군데군데 피어나다가
침잠한다 새벽도 없는 어느 밤나라로
고개 들어 퉁퉁 부은 눈으로 둘러보면

하나같이 까맣고 까맣기만한 물결들이
십일 번 출구를 향해 슬픈 격류를 만들고 있었다

마스크

보이지 않는 입술
닿을 데 없는 마음

눈빛들만 스쳐 지나네
사랑일 줄도 모르고

노인과 바다

노인들 하얀 수염이 자란 노인들
모두 약속이나 한 것처럼 바다 한가운데 서서

"—인간은 패배하도록 창조되지 않았다.
파멸할지언정 패배할 수는 없는 것이다."

오래된 성경처럼 되뇌면서 앞으로 간다
쿠바의 상어 떼 앞으로 목을 들이민다

나무위키에 증거가 없으면
그들의 주장에 유리한대로

너는 살지고
나는 여위어야지, 그러나,

청새치야
다시는 희망의 유혹에 안 떨어진다

헤밍웨이 불쌍한 헤밍웨이
불 도적한 죄로 손에 엽총을 쥐고
끝없이 침전하는 헤밍웨이

경계도 없는 수평선
불가분의 청색을 긋고
관자놀이로부터 왱왱
시끄러운 적색경보가 터지면

패배하지 않는
또 패배할 수 없는
오만하고 영원한
인간의 승리를 향해 흐른다
푸르게 푸르게

신호등

보리수 잎사귀 곁에서 붉게 물드는
우리 사랑은 부처의 깨달음 같아서
초록색 설익은 신호에 때맞춰 가고
속에서 고여 오는 새빨간 상처자국
어느덧 온몸의 혈색이 달아오르면
영문도 모르고 켜지는 적색 열매들
눈물이 날만큼 쓰지만 풋풋한 마음
찾아올 일없도록 빼앗아 가버린 것
당신이었나 흘러가버린 시간이었나

섬으로 가요

사람들 사이에 섬이 있다

그 섬에 가고 싶다던 사람들
하나같이 표류하다 굶어 죽었고

섬에 가고 싶은 사람은 이제 아무도 없다

비망록

11일. 머리맡에 작은 어항을 사다두었다 깨끗한 물을 한 대접 쏟아 넣고 어떤 물고기를 키우면 좋을지 생각하느라 하루가 다 갔다 내일은 버스를 타고 대형마트에 가 보아야겠다

15일. 열대어는 사흘이 채 안 돼 시름시름 앓는 모양이었다 몇 번이고 어항의 물을 갈아다 주었지만 좀체 움직일 낌새가 없었다 너무 깨끗한 물에선 물고기가 살 수 없다고들 하지만 나는 그렇게 맑은 물을 넣어준 기억이 없다 나는 단지 함께할 친구가 없어서일지도 몰라 하고 생각했다

20일. 두 마리의 열대어가 함께 앓았다 힘든 기색이 역력한데도 아무 말 없이 침묵하고만 있다 나만큼이나 그들에게도 책임이 없다곤 할 수 없을 것이다 답답한 마음에 동전 하나를 물속에 빠트려 봤다 소원이 있다면 내일 아침 그 동전이 사라져 있는 걸 테다

23일. 더 큰 어항을 가져다 놓기엔 내가 사는 방이 너무도 좁다 우리들 세 마리의 공통점이라곤 기껏해야 그 정도였다 이토록 좁은 곳에 산다는 것 벌레처럼 웅크린 채 비척거리는 것

27일. 나는 어린왕자 한 마디 말없는 장미에게 꽃을 따다주리 내 곁의 널 위해 무엇이든 가져다줄게 하늘의 별 헤는 나의 목숨 또 다른 세계의 너라 할지라도

29일. 언젠가 그녀와 쓰려고 했던 입욕제를 어항에 넣었다 초록색 연두색 분홍색 연보라색이 더 아름다운 세상에서 행복하리라는 건 누구에게나 상식이니까 이제 보니 입욕제에도 엄연한 유통기한이 있다 주먹만 한 상자 윗면 인쇄된 날짜가 삼 년은 지났다 어항 속은 그새 탁해 아무 것도 보이지 않는다

30일. 나는 무언가를 잃어버리는 데 서툴다 잃어버렸다는 사실을 받아들이는 데는 훨씬 서툴다 무언가 떠나고 나면 꼭 열흘은 머리가 아팠다 슬픈 마음이 그쯤이면 다 증발해버린다는 듯이 어차피 비슷한 하루 똑같은 비극들이 잇달아 오리라는 듯이

1일. 삶이란 결국 혼자 떠나와 홀로 되돌아 걷는 것 나는 결심했다 다시는 머리맡에 아무도 두지 않겠노라고 두 번 다신 새로운 어항 새로운 열대어 새로운 누구의 색 들일 일 없을 거라고 굳게 다짐했다

우울증

새벽 서너시
길게는 대낮까지 이어지는 불면증
계속해서 뭔가 잘못되어가고 있다는 압박
자극적인 음식을 먹음으로써 스트레스를 해소
예전에 비해 지나칠 정도로 게임에 의지
몸이 피곤해 누워도 어느새 퍼뜩 뜨이는 눈
평소에 멍하게 있어도 늘 쉬고 싶은 느낌
불현듯 우주를 생각하며 느끼는 허무감
이유없이 홀로 되뇌는 미음과 험한 말
좀체 구분되지 않는 행복과 불행
붕 뜬 높이보다 더 깊이 가라앉는 감정
불쑥 모든 걸 놓아버리고 싶다는 충동

약, 약....

결말에 대해

주저앉아 울다 보면 에워싼 눈빛이었다 너는 내가 미워 내가 너를 미워하는 줄 알았거늘 사실은 내 너가 미워 너는 나를 미워했다 결국 나는 사람 모두에게 모욕감과 상처를 주는 다이애나 죽는 그날까지 티가 짙은 하늘을 우러러보는 앉은뱅이가 지금

실외기 동작하는 소리가 가장 요란한 구식 모텔방 아무 생각없이 누워 울기만 하고 있다 잠기는 눈물은 곧 코와 기도를 막고 조각난 알약은 전기주전자 바닥으로부터 끝끝내 먼지가 되어갈 것이다 그래서 정해진 결말이란 늘 따분하고 슬프다

완생

사람들은 내게 딱 톱니바퀴만큼의 공간을 빌려줬다
다리를 다 펴면 간신히 앞 사람 발끝이 닿는 깊이의 책상
새로 뽑은 명함과 공책과 볼펜 그리고 피젯 스피너 정도가
들어가는 책상 서랍
날 바라보며 우두커니 책상에 마주앉는 모니터와
창백하게 쏟아지는 전구 빛이 어쩌면 내 꿈이었나

애야 너는 커서 톱니바퀴가 되어야 한단다
더울 땐 시원한 곳에서 추울 땐 따뜻한 데서 일해야 한다는
어머니의 바람은 그대로 이루어졌고
나는 쇠 냄새와 기름 냄새를 잔뜩 맡으며 끊임없이 끊임없
이 돌아가다가 결국 보습대일 땅 한 줌 찾지 못하고 우주로
돌아갈 것이다

그러나 사실 여기 사무실
에어컨은 너무 춥고 히터 공기는
숨이 막혀 자꾸만 눈이 감겨요 그때
나는 업무 시간 중 카톡이 불가능하다는 걸 깨닫고
이틀 뒤 메모에 적어둔 사실을 휴지통에 넣고 지웠다

주황글씨

가로등 불빛은 낡은 베란다 창문을 통과해 십자 모양이 됐
다. 나는 교과서나 도서관의 책 같은 곳에서 봤던 핼리혜성
이나 알파센타우리 같은 별과 꼭 닮았다고 생각했다. 옆에
누운 엄마는 아주 피곤한 목소리로, 네가 그렇게 생각한다
면 언젠가 갈 수 있을 거야, 라고 말했다. 나는 틀림없이 엄
마가 좋은 사람이라고 생각했다. 잠들었다가 일어나니 흐린
아침이었다. 엄마는 아직 자고 있었고, 나는 발뒤꿈치를 들
고 살금살금 걸어 학교로 향했다.

그날 저녁 나는 학교에서 돌아와 혼자 라면을 끓여 먹었다.
엄마는 밤늦게 돌아와서, 불 꺼진 방과 이불에 파묻혀 잠든
척하는 내 모습을 확인했다. 그리고 술에 취해 구부렁거리
는 목소리로, 세상에 별이 무어야, 그냥 저건 우리 인생에 쳐
진 꼽표야, 우리가 하는 일에는 모두 꼽표가 쳐질 거야, 너
는 알는지 모르겠다, 서는 척하다 고꾸라지는 거야, 맞는 줄
착각하고 살다가 틀린 걸 깨닫는 거야……

그날 밤으로부터 나는 별 대신 매일 거대한 꼽표를 보며 잠들었다. 그 모양이 지겨워 멀리 떠나온 서울이었다. 그러나 내가 사는 단칸방 창문에는 아직도 그 꼽표가 아로새겨지고, 원래 틀려먹은 삶은 이제 맞으려는 안간힘도 놓아 휘청거렸다. 별 헤아리는 마음도 다 잊은 채 내내 휘청거렸다. 주황색 가로등은 새벽 지나 먼동이 다 터올 때까지 켜져 있었다.

심폐소생술

요즘 꿨던 꿈에서 나는 몇 번쯤 시간을 넘나들었다.

꿈은 밤이나 새벽에 찾아오지 않았다. 현실에서든 꿈속에서든 정신을 차릴 무렵에는 늘 대낮이나 이른 오후였다. 창밖은 대개 흐린데, 이따금 구름 한 점 없는 하늘이 펼쳐지거나 장대 같은 소나기가 내린 적도 있었다.

나는 거기서 예닐곱 살의 어린아이가 돼 있는가 하면, 어떨 때는 거동조차 힘든 백발의 노인이기도 했다. 이런 꿈들의 내용은 그때그때 다르다. 다만 이러나저러나 혼자 고립돼 죽어가는 마음만은 꼭 닮아 있었다. 또 사랑이라는 단어와는 몇백만 광년쯤 떨어져서, 평생 동안 그런 마음과는 손잡아본 적도, 마주본 적도 없었던 것만 같았다. 사랑은 그런 어린아이에겐 너무 멀었고, 죽어가는 노인에겐 알아볼 수 없을 만큼 낡았다.

가끔 꿈에서 깨는 행운으로부터 나는 깨닫는다. 우리는 무한한 시간을 달려 서로의 곁에 있다. 그러므로 우리가 포옹할 때에는, 있는 힘껏 세게 껴안을 수밖에 없다. 그 모든 마음이 처음이자 마지막인 것처럼. 하루하루를 사랑이 없는 세계로부터 도망쳐 온 것처럼. 당신이 갑자기 왜 이래, 라고 말하면, 나는 아무것도 아니야, 라고 대답한다.

그리고는 다시 한번 있는 힘껏 끌어안아야 한다. 마지막의 마지막까지 살아남는 고통이 후회임을 안다면. 나는 그렇게밖에 할 수 없다.

─흐르는 강물은 마를 날 없었다. 푸른 들판은 지평선 너머 우주의 먼 바깥까지 펼쳐져 있었다.

나는 또 다시 죽음 같은 악몽으로부터 살아 돌아왔다. 마침 숨을 들이마실 때는 나 아닌 우리가 거기 있다. 분홍색 시간이 연기처럼 흩날린다.

적색편이

광원光源은 매일 떠나갔다
태양계를 벗어난 보이저호처럼
어느 날 정신을 차린 나는
언제부턴가 광년을 세고 있었고
시간은 우리의 기억을 죽 늘어뜨리더니
자주색을 가끔색으로 바꿔놓았다

그리움은
아주 가끔 찾아오는 파장
어디에 있지
뒤돌아 멀리 쳐다봐도

온통 붉은 색
눈물처럼 흩뿌린 가운데
떠나온 곳은
끝끝내 보이지 않았다

4부, 페이드아웃

홀로그래피

자
이쯤에서
원점으로 돌아가 보자
곰곰이 생각해보자면 그렇다
옛날 문방구엔 백 원짜리 과자도 있었고
어떤 땐에 새우깡 한 봉지 사 먹던 시절이 있었다
천 원짜리 김밥 한 줄에 헤아리며 계란까지 들어있던 시절도 있었고
떡도날드 런치 세트가 무려 삼천 원이라며 시끄럽게 광고해대던 때도 있었다
체육날밤 한 끼가 삼천오백 원이라는 말에 대하둥으로 이사 오던 그날도 나는 기억하는데
밤 한 끼에 칠팔천 원쯤 하는 것이 당연하게 느껴진 건 대체 언제였느지
근처 쌈밥집 메뉴판의 앞자리 숫자가 바뀐 건 또 언제였느지
기억은커녕 감조차 잡히지 않는 나날이 하루 또 하루
몇 년째 시원찮은 내 벌이만 또렷하네
우주처럼 팽창하는 숫자들 속에
작아지는 거라곤 나
하나뿐이네
나뿐이네
하

헌 나라의 어른

가장 오래된 기억 속의 나는
잠 못 들어 뒤척이는 다섯 살 꼬마
곁에 앉은 어머니는 늘 같은 입버릇으로
애야 착한 아이는 일찍 자고 일어나야지
그래야 나중에 새 나라의 어린이 되지

그렇게 눈 딱 감고 뜨면 어느새 이튿날
흐르는 시간은 졸업장과 거뭇한 턱수염을 주며
날 더러 영원히 어른이 되라 했다
나와 내 가족 사는 낡은 아파트 헌 단칸방은
여태 단 하루도 새 나라였던 적 없는데

넌 더울 때 덥고 추울 때 더 추운 무늬만 어른들에게
다음 생에는 부디 말 잘 듣는 착한 아이가 되라 한다
오 불쌍한 우리 아버지 어머니는 얼마나 못된 아이였길래
가능한 일찍 눈 감겨 재우는 방법 말고는 달리 없었나
그래서 아예 눈 뜨기 싫을 아이들 마음은 미처 몰랐나

영양실조o

한 때는 하루에 세 번도 만났다
휴대폰 배터리 다 닳은 줄은 알면서
네가 줄고 있는 줄은 차마 몰랐다
석유와 천연가스 또 자이언트 판다
착각의 대가는 영원한 상실이었다
찬장과 냉장고에 간장도 계란도 없고
집 밖엔 겨울바람 나는 팬티 바람
겉옷은 멀리 걸렸고 집은 여위어가고
하릴없이 전기장판 이불 새로 파고들고

보호색

뭄바이의 대로를 거니는 소
햇발에 검은 가죽이 눈부시고
어쩜 다른 나라에서는 고기
상전처럼 모시고 가는 사람들

앙상한 뼈 창백한 구릿빛으로 덮인
흑백사진을 보며 나는 울었다
펑펑 울었다 세상에 사람이 이럴 수가
슬픔을 거들떠보지도 않는 슬픔이라니

교과서 속 사람도 성경 속 사랑도
모두가 모두에게 똑같느니라 했는데
쯧쯧 참으로 미개하고 미개하도다
혀를 끌끌 차면서 오르는 서울역 계단

좌우 모서리에 걸터누운 비렁뱅이들
무슨 억울한 일 있는 사람 든 피켓과
무릎 꿇고 누가 쏟은 커피 닦는 아줌마
눈에 들어오지도 않은 채 들어온 역사

평등은 부끄럽고 추악한 자신으로부터
고결한 삶 모두를 에워싸고 있었다
반질거리는 돌바닥과 텅 빈 쓰레기통이
치우는 사람 없이 저절로 생겨나듯이

위로

견딜 수 없겠니?
내내 행복해 왔던 네 삶 속에서
나의 불행을 영원히 이해하지 못하는 불행 정도는

받아들일 수 없겠니?
영영 즐거울 지금 네 삶 속에서
내게 한 톨 도움 못되는 슬픔까지는

화병

나란히 걷던 외할머니 손가방에
무심코 손을 집어넣어 봤더니
따갑고 더럽고 날카롭고 낯선
길가 쓰레기들의 감각이 전해 왔다

아니 할머니 이 비싼 손가방에다
웬 쓰레기를 이렇게 넣고 다녀요
작은 삼촌이 백화점서 사온 건데
이거 보면 도로 뺏아 내다 팔겠어

요 문디자석아 몰라도 니가 뭘 모르지
속에 예쁜 것만 넣고 다니는 사람은
예쁜 것 말곤 가차 없이 버리며 산단다
나 하나 예쁘기 위해 남을 더럽힌단다

정말 예쁜 사람이란 내 좁은 속 아닌
너와 네 주위를 예쁘게 만들어 주고
찌그러진 캔 너저분한 빵가루 봉투
귀한 가방에 넣고 다니는 사람이란다

에이 할머니 그래도 저는 다음에 커서
길에서 빗질하고 쓰레기나 치우는
그 초록색 아저씨처럼은 되기 싫네요
치우기보단 치우게 시키는 사람 될래요

외할머니는 남이 버린 쓰레기 껴안고
차디찬 겨울 흙무더기로 들어가셨고
유언처럼 쓰레기 가득 찬 내 가방 속은
누구 하나 비워줄 생각 없는 세상이라

할머니는 속이 새카매 웃으며 가셨다
온갖 더러운 것 당신 깨끗한 폐에 담아내고
평생 못난 아들과 손주 뒷바라지만 하다
아무도 보잖는 요양원에서 홀로 가셨다

잠

제발 죽여달라 애걸복걸하는 그에게
줄 수 있는 거라곤 죽음 비슷한 수면뿐이었다
주위 사람을 위해서 언젠간 일어나야지
거짓말! 태어난 잘못으로 매일 눈떠야 하는 형벌
감히 누구를 위해서라면 날 위한 것들은
지금 어디서 뭘하며 스스로 조롱하는지

영원히 사랑받는 방법

내일도 비가 오지 않길 바라
아니 내가 물 없이 살 수 있길 바라
내 야윈 몰골이 더 드러날수록
더 나를 사랑하는 나의 사랑
결핍을 채우지 못해 생긴 너의 결핍

평화롭게 햇발이 따사로운 어느 날
난 사막에서 돌아와
바싹 마른 얼굴로 네게 미소 지을게
넌 스틱스 강가에 앉아
더없이 슬픈 표정으로 배웅하겠지
영영 안을 수 없게 된 나를
영원히 영원히 떠올리며 살겠지

근황

수척한 얼굴 반쪽 침대에서 일어나면
전날 탁자에 올려놨던 물 한 컵과 알약
꿀꺽 삼킨 뒤 찬물로 세수 한 번
다시 퍼질러 누워 죽음을 삼세번 상상
곧 의자에 앉아서 글 글 글
빵 한 조각 없이 만 하루를 버틴 위장
텅 빈 기분을 즐기게 된 건 언제부터냐
불 다 꺼진 방 벌레처럼 이불 아래 묻히면
새벽 땅 속 벌거지처럼 기어오르는 잡생각들
수면제 두세 알과 함께 움켜쥐고 삼키고
열두 시간 사망한 끝에 또다시 눈앞에는 천장
매일 죽어 가며 살아 있다 하는 것은 참 묘하군

울게하소서

마지막 사랑을 떠나 보낸 그날 밤에는
친구들과 웃으며 게임을 켰다
반나절이나 퍼질러 잔 다음 날 아침
난 전혀 슬프지 않고 기뻤다 놀랍게도

그럼 그렇지 사랑은 그까짓 열병
내성도 이런 내성이 없군 네 예쁜 미소
떨리던 목소리 아침을 반기던 메시지
어느 것 하나 기억나지 않았다 편하게도

사람은 본디 적응하는 동물
이리도 쉬운가 성숙한 이별이라니
난 몰랐다 정말로 몰랐다
세상에 슬프지 않은 이별은 없다는 것을

슬픈 이별보다 더 슬픈 것이
슬프지 않은 이별임을
슬피 흘리는 눈물보다 더 슬픈 것이
슬플 줄 모르는 메마름임을

죽는 것보다 더 슬픈 것은
사랑하는 것 하나 없는 삶
슬피 우는 법 잊어버리고
매일 죽어만 가는 나의 삶

이별여행

늦가을 바다가 하늘색으로 빛났다. 선착장엔 배가 없었다. 나는 해안가를 따라 쭉 걸었다. 이따금 먼동에서 갈매기 우는 소리가 날아들었다. 아직 겨울이라 할 만한 날씨는 아니었다. 다만 바닷바람이 찰 뿐이다.

춥진 않았다. 그래도 습관처럼 겉옷 앞섶을 감쌌다. 두꺼운 감색 코트를 꺼내 입은 게 천만다행이었다. 새벽녘 서울에서 출발할 때만 해도 호들갑일 거란 생각이었는데. 감기 걸리는 것보단 어깨가 무거운 게 나았다. 옷깃에 코를 파묻자 오래된 옷장 냄새가 물씬 났다.

혼자 여행을 떠나본 게 언제였더라? 다들 간다는 내일로 여행도 한 번 못했는데 서른이 목전이다. 일은 열심히 하지만 보람이 없다. 승진을 못하는 것보다 승진할 필요를 느끼지 못하는 내가 더 외롭다.

"어디라도 좀 떠나 보지 그러니." 엄마의 말버릇이었다. 하기야 퇴근하기 무섭게 집에 와서 방에서 고양이 동영상이나 쳐다보고 있는 딸이 달갑진 않았을 것이다.

"응, 조만간." 난 대답했다. 그러나 알고 있었다. 나는 홀로 떠날 수 없는 사람이라는 것. 엄마도 알고 있었다. 어쩌면 알고 있으니까 그렇게 말한 것이다. 아무리 말해도 떠날 것 같지 않으니. 언제나 곁에 있을 것 같으니까. 사람은 정말 떠날 것 같은 사람에게는 떠나라고 하지 않을 테니까.

나는 네가 떠나가지 않을 줄 알았다. 떠나라고 말하면 정신을 차릴 것 같았다. 일을 관두고 공부에 집중하겠다고 그러면서도. 부단히 신경 쓰겠다던 약속 늦게나마 지키려 들 줄 알았다.

입 밖에 낸 말은 주워 담을 수 없다. 지나간 시간도 돌아오지 않는다. 떠나간 사람에겐 어떤 표현도 가 닿지 않는다. 사흘 전 통화 버튼을 누르던 용기는 낯익은 여자의 목소리 —지금 거신 전화는 없는 번호입니다—에 산산조각났다.

그래서 나는 떠나야 했다. 기차나 버스를 타고 어디로든 가버려야 했다. 그럴 때가 있다. 살면서 단 한 번도 떠난 적 없는 사람조차 떠나게 되는 때가 말이다. 태어나 담배라곤 입에 물어본 적도 없던 너도, '네가 담배 말린다는 게 이런 기분일까?' 하고 말했던 것처럼.

넌 그때 바다를 보러가자고 했다. 겨울이 되기 전에 한 번쯤 가서, 방파제가 떠나가도록 소리나 한 번 질러보자고 했다. 그러니 나는 열심히 일하고, 넌 공부해서, 사람 없는 해변에 나란히 서서 바람을 마주치자고 말했다. 언젠가 그렇게 되리라 약속했지만, 꼭 같이 할 거라고 말한 적은 없었다.

한동안 내 적이었던 네가 떠났다. 무적으로 떠나와 동해 바다 앞에 섰다. 가끔 나는 네가 잠깐의 휴가를 낸 것 아닐까 착각해 봤다. 당분간 상처 받은 나로부터 떠나 쉴 수 있게. 긴 휴가를 보낸 뒤 문득 돌아와 날 안아 주리라는 상상도 했다. 그래서 이맘때 되면 모아둔 연차를 쓸 줄 알았는데. 난 더는 오래된 여자친구도 회사원도 아니다.

생각 없이 꺼내 본 휴대폰에 부재중전화 두 통이 와 있었다. 잠시나마 네 번호를 기대하는 내가 싫었다. 엄마에겐 답답해서 잠깐 동해로 왔다는 메시지를, 몇 년간 함께 출퇴근했던 동료에겐 미리 말 못해서 미안하다는 메시지를 각각 남겼다.

가까운 바다 위로 이름 모를 새 몇 마리가 무리지어 날아올랐다. 퇴직금이 얼마나 나올지는 걱정되지 않는다. 그보다는 갈 곳 없이 살찌울 나와 내 통장 잔고가 더 걱정이었다. 내가 갖고 싶은 건 하나도 세상에 없었다. 밀려든 네 마음이 움푹 빠지고 나니.

우주의 먼지

인간의 가치는 사회로부터 정의된다
사회는 인간의 가치가 평등하다고들 한다
인간이 λ면
모든 인간은 십 년 전 육십억 λ에서
지금은 약 칠십칠억 λ
이 순간에도 늘어나고 있는 λ는 lim… 아무튼 lim
한편 모든 사회는 인간으로부터 정의된다
사회에서의 내 가치는 일 나누기 λ인데
먼지 실오라기를 칠십칠억 등분으로 나누면 어떤 값이지?
칠십칠억이 내년에 팔십억이 되고
일년 삼백육십오일 스물네시간 쉬지도 않고 늘어나고 있으니
내 평등한 가치는 이제 전자 옆구리에서나 보겠네
어 그마저도 관측하면 어디 가버리고 없다 없어
확실한 거라곤 눈앞의 삼각김밥 또는 컵라면이지
부국강병으로 이룩하는 낙수효과
파이 먼저 키우고 언젠가 언제의 언젠가 나눈다는데
쏟아지는 물보다 더 많아진 대야들은 어쩌나
늘어난 파이보다 더 늘어난 입들은 또 어떻게 하나
손짓으로 딱 하면 세상 모든 문제가 반토막
영화 같은 상념은 눈 감아 집어치우고 다가온 겨울
난로 꺼진 편의점 속 사람들 잇속만 딱딱거리네

딱하기도 하지 짝도 없네 짝이 없으니 사랑도 없네
사랑이 없어 슬픈데 이 딱한 사람들 슬퍼할 시간도 없네
온갖 걱정 잡아 삼키는 매일의 숙제가 블랙홀
한참 끌려가다 빛보다 빠르게 뛰쳐나와 봐도
하얗게 센 머리 떨구며 우주의 끝 기다리겠지
어차피 우리는 우주의 먼지 종말이 다가오겠지

마취

사실은 자주 웃어
넷플릭스에서 단편 코미디를 볼 때
인터넷에서 꽤 웃긴 댓글을 읽을 때
오래된 친구들과 막걸리 한 잔 걸치면서
어제오늘에 관해 시답잖은 농담이나 주고받을 때도

가끔은 감상에 잠기기도 해
매일 아침이면 커튼을 뚫고 쏟아지는 햇발
처마 아래로 주룩주룩 떨어져 잠기는 빗방울들과
나무 향 그윽한 카페에서 밀크티 한잔 하며
잔잔하고 좋은 음악을 눈감고 듣는 일들로부터

꽤 괜찮다는 생각도 하지
좋은 사람들과 만나 우주에 관해 토론하거나
기약도 없이 바깥을 떠돌면서 만나는 새 것들
길 한 편을 카펫삼아 총총 걸어다니는 고양이
그런 모습을 바라보는 내 걸터앉은 삶도 말야

그러나 알아
떠나는 마음으로 산다는 게 많이 아파서
아름다움들이란 낡아 부스러지는 목발 짚고
난 삶과 온통 거짓말하며 우는 걸
나날이 사경을 헤매는 수술대 위에서

자가격리

어떤 날에는
꼼짝없이 가둬진 듯한
기분도 들어요
주위에는

지루하기 짝이 없는 일
날 둘러싼 채
일상같이 목을 졸라 오는데

그러고 보면
철창이 반드시
쇳빛이라는 법 없죠

정작 보면 흰색 푸른색
혹은 사랑한다고 착각했던
누군가의 얼굴이기도 한데

가진다는 건
잃어버릴 자유를 잃는다는 것
머무른다는 건
흔쾌하게 나를 가두는 일

어느 날 보면
분명 누가 날 가둬버린 듯
숨 막힐 때도 있어요

단지 그런 사람 그런 일이라면
모든 걸 바쳐도 좋다고 자신했던 당신
무슨 죄를 지어서 여기 있나요

큰외삼촌에게

어느 날 오겠다 소식도 없이
불쑥 찾아왔던 큰외삼촌
소싯적의 내가 묻자 말했다
글 잘 쓰는 방법?
예끼 이눔아, 그런 게 있으면 날 알려주라
그리곤 꿀밤을 먹고 머릴 매만지는 내게
쪼그려 앉아 몰래 속삭이듯 말했다
이건 비밀인데, 사실은 더 슬픈 사람이 돼야 한단다
견딜 수 없을 만큼 슬플 때 글을 쓰면
신기하게 좋은 글이 나오더란다 슬프게도

하얗게 빛바랜 턱수염 매만지면서
계속 글을 쓰던 큰외삼촌
견디다 못해 슬프지 않은 나라로 떠났고
조카는 이제 겨우 글을 쓰기 시작했는데
하루도 눈물이 멈추지 않고 다리가 후들거립니다
어디에도 맘 가누지 못하고 휘청, 휘청, 휘청
글은 한 가닥 위태로운 줄타기
피로 된 발자국처럼 찍어냈더니
어쭈구리 사람들 날더러 달필이랍니다
피투성이 눈물범벅으로 공중空中에 서서

떨어질락말락 허우적대며 춤췄더니
더, 더, 더 써 보라고 박수치던데요

내게 작별도 임종도 허락 않고
소식도 없이 홀연히 떠난 큰외삼촌
그땐 그리 정 없는 사람이었나 원망했지만
이젠 알겠습니다 이 지구라는 행성
글 쓰는 이들 살기엔 너무 슬픈 별이라는 걸
하나 삼촌!
강 너머 조카 모습 보고 있을 걸 상상해 보면
계신 곳도 필경 슬픈 나라일거외다
따라올 녀석 수의는 준비 말고
별 하나 없는 하늘 보며 슬프지 않게 사소서
기역니은 남기고 떠난 윤 선생님께는
정히 심심한 안부나 전해주소서

유산

잠깐 내린 비는 소나기라 하고
덜 자란 말은 망아지로 죽는다
뛰어도 못 닿으면 방황이 되며
뿌린 씨도 활짝 피어야 꽃인데

그때 우리가 있던 시간을 감히
당신은 사랑이라 말할 수 있나
왜 얻지도 못한 날 잃어버려서
없는 자식 곁에 와 울먹거리나

무제2

그 아이는 어른들로부터 배웠다고 말했다
나는 미상불 할말이 없어 숨었다

귀향

거기에 강이 있었다
바람 한 결 없이 고요한
멀리 강나루에는 손 흔드는 아버지, 아버지와
큰외삼촌과 선생님들 그리고
단어와 글자들 내가 쓴 글들
나는 내가 사랑하는 것들과 자석처럼 멀어지고
끝내 눈뜨면 슬픔의 바다
아직도 울먹이는 사람들만
이 슬픈 별의 표면을 걸어 다니고 있었지
저들과 가장 멀고 다른 나를
빨갛고 파란 눈물들로 끌어당기고 있었지

사랑人

나는 당신을 사랑하는데
당신은 왜 나를 사랑하지 않나요?

어제 그린 내 자화상은 당신의 얼굴
원래부터 나는 똑같은 사람이었는데

사랑을 증명하기 위해 나는 떠나고
거기 사무실로 신고서를 부칠 테니

도착할 즈음엔 닿을 곳 없는 마음이
못내 흩날리고 잊히겠군요 아스라이

오늘 떠내려가는 나는 무너지지만
당신은 한동안 여기서 슬프겠지요

잃어야 사랑할 줄 아는 당신은
슬퍼도 슬플 줄 모르는 슬픈 인류

언젠가 만날 우리 마지막 인사
질문으로 대신해도 별 탈 없겠죠

그래, 곤두박질치는 순간까지의 나는
사랑받을 가치가 있는 사람이었나요?

사랑······ 있는
······이었나요?

······살아 있는
사람이었나요?

꿈

얼굴에 너저분한 숯검정 묻었구나
입고 나갔던 외투는 다 낡아 해졌고
자세히 보니 진흙탕에도 굴렀구나 전신이 모래구덩이구나
들어가면 얼른 몸부터 씻어야겠다

어서 가자 어서

한 평짜리 화장실
뜨신 물 한 다라이 받아놓고
싸구려 타올 희부윰한 비누거품으로
씻고 닦아올리는 곳곳마다 아물다만 상처
파랗고 빨간 멍 다 못 나은 딱지들

이게 뭐냐 이게

어디가서 맞고 다니지나 않길 바랐는데
앳되던 얼굴 그새 초로가 되어 왔구나

아무렴 괜찮다

난 네가 영영 돌아오지 못할 줄 알았단다
난 네가 아주 죽어버린 줄 알았단다

Time After Time

한 해를 떠나보내던 섣달그믐날에
오래된 습관처럼 넌 내게 물었지
지난 일 년 중에서 가장 행복했던
흐르는 시간을 무뚝 멈추고 싶었던

그런 아름다운 순간이 있었느냐고
엷은 미소로 속삭이듯이 물어보았지
그때 난 얼빠진 표정으로 쭈뼛거리다
별수없이 새침하게 웃고만 말았는데

시간은 다 지난 다음에야 풍경이 되네
내년에도 또 내후년에도 머언 나중에도
바쁘게 떠나는 네 곁에 나무와 강바람
젖은 흙과 잎사귀 냄새나던 산내음처럼

곁에 있겠다고 눈 감고도 찾을 수 있게
너와 함께한 언제 어디의 장면에서도
단 한 번 멈추고 싶은 맘 없었노라고
속앓이하던 말 이제야 글로 쓰는구나

맞아 어떤 마음은 모두 떠나간 뒤에나
겨우 표현할 단어 몇 개가 생기지
우리 시간이 다 지난 다음에야
추억할 풍경이 되어가듯이

페이드아웃

무대는 암전
관객은 기립
퍼붓는 비난

막이 내리면
서로 커튼콜
손을 흔들고

이제는 멋쩍은 화해도
감히 용서하겠단 말도
필요 없죠 우리에게는

나는 연극이 질렸으니
역까지 함께 걸어가요
극장 안은 답답하니까

빨래도 세탁도 몰라서
티 한 점 씻은 적 없어
그대로 묻히고 왔어요

나기를 때로 태어나면
살며 때 묻을 일 없어
더럽다고 탓하지 않죠

주홍색 낙인 찍어주면
노을을 잉크로 쓰지요
글씨라면 다 좋으니까

당신이 던지던 돌들도
아파서 주는 마음이라
버리지 않고 모아왔죠

가해자 피해자 거꾸로
마침내 피가 돌아오고
머리서 핏기가 마르네

깜깜한 사람에게 가면
하얀 마음도 얼룩인데
누굴 욕한들 소용없죠

더는 의심하지 말아요
이제 연기는 없으니까
피어오르는 건 꽃잎뿐

오직 약속하기로 해요
이막이 끝나면 우리들
웃든 울든 함께하기로

보세요 당신이 슬퍼서
흘린 총천연색 피눈물
시와 그림 한 편 됐고

……—

책에 실린 글 목록(작성 순서)

CREDITS

강규준　강정헌　강창민　강학래　강한성　거장 강하민　경진　경현
고유　고종관　공정빈　곽민서　곽민영　곽형서　권경윤　권민혁　권진호
귀여운모래두지　규리　기록하는그래퍼　김가인　김경원　김경준　김경중
김군도　김규원　김기민　김기성　김나연　김대건　김도현　김동균
김동글　김동우@_ma_ri_mo　김둥실　김병주　김보경　김보연　김상재
김상현　김새봄　김석민　김석범　김석범　김선화　김성민金조珉　김성범
김성윤(사믹)　김성호　김성환　김소미　김수진　김순후　김슬기　김승민
김시연　김예빈 vivi　김예지　김예지　김유정　김유진　김윤환　김재욱
김재원　김재한　김정은　김정주　김정현　김정현　김종헌　김종현　김주주
김준　김준석　김준혁　김중섭　김지현　김진우　김찬수　김태윤　김태현
김태효　김하늘　김학준　김해윤　김휘림　김희경　김희관　김희진　나경준
나은엽　난 보랏빛이 좋아　남건희　남방수　남진우　낭만마초　노승현
노윤상　노정우　노진혁　다연　다희　당신의 도움을 받은　대학원생1
도윤　동근　동글　라운엄마　루아나　류성진　류준혁　마음을 먹다　메기
모현종　민경남　민석현　박건우　박세현　박아름　박영민　박영은　박은혁
박인성　박정일　박종원　박주희　박지영　박찬형(deverrday)　박충성
박하나　박현수　박형민　박희웅　박희준　반짝반짝빛나는 민^2　배영헌
백종열　백태현　백태현　버거멍멍　변문성　별난곰탱이　병호　복영준
봄　브로콜리　빵서　사랑이오빠　상일　새롬　서귀포 섬노예 김현지　서연
서정연　선두원　설주녕　성종　소희　손동협　손채희　손해담　송다한
수요잉 내년엔 선생님　술민　신도현　신유진@shin_yuuj　신찬호　심영선
심예지　심준형　심지현　아름　아삭한콩나물　안상혁Over The Horizon
안수진　안영균　안지훈　양승선　엄승환　여인혁　영선　영현이　예니
오도걸　요리　우주선　원보현　유미림　유상수　유승재　유영준　유인재
유재형　유황연　윤무현　윤민재　윤상근　윤아킴　윤여정　윤인상　윤정후
윤지영　윤진　은교　은빈이　은혜 은, 복받을 진　응굴쓰　이건용　이건호
이경민　이경직　이노겸　이누리　이도현　이묵돌이 키우던 14568번째 돌맹이

김엘리자베스   이민우   이민형   이병하   이상원   이석희   이세영   이소연
이승수   이승엽   이승우   이승율   이승철   이안   이언기   이은선   이재웅
이쟌   이준영   이지향   이철한   이태규   이하율   이한성   이현섭   이현준
이혜리   이호성   이홍림   일병 옥태규   일본사는민수   일상   임동영   임수정
임인익   임지홍   ㅈㄷㄱ   자리끼빌런   작가님김묻었어요잘생김   장경욱   장명
장서영   장서윤   장연희   장영환   장우성   장재현   장주   장준하   재엽빽
저두   전유진   전제영   전종현   전진형   정건희   정동근   정릉동최운식
정무미   정새찬   정서윤   정성배   정승오   정승호   정아영   정영인   정용희
정윤지   정종문   정회찬   조라온   조민정   조서영   조영진   조영창
조정예   조현준   조혜진   주연   주준홍   지금 나의 우울에게   지금 시대를
살아가는 우리   지수환   지태준   진예은   진우   진정국   진주94년생손우진
징쨈부부   차현석   창진   창훈   채진영   최광래   최규리(헛된)   최기민
최예니   최원우   최유정(24)   최정우   최준현   최지은지으니   최형규
타이퍼   편견 없는 월급쟁이   폰팔이말수   하모   하빈   하준   한규성
한솔   한재경   한지혜   한지혜   함소희   해솔   해연   해준   향상된
늙은이   허성회   현주   현준호   형준   호미   호수민   황미리   효진   효진,
소희   희경   힝요지   A_Paacifist   alive-c   Bang2   BlackFoot   Cleire
Doji   Gonnamakeyourday   hiimjunsung   HONGZZANG   Hoony
hyeon   hyoling   Jason Park   JIENXX   Jinho Bang   JR.NANA   Jung
bun   khakiblue   malgm93   MYCHAN   ohbyoh   OSK   qyle   SeaRoad
yeony.   yong_g   yoon   Yuuko   124   941010   @class_0ne   @jini_suuuu
@to_trafilm   21.05.10

이묵돌 단편선 03

적색편이

지은이
이묵돌

Copyright © 이묵돌, 2021

초판1쇄 펴냄
2021년 6월 1일

ISBN   979-11-89680-28-2 (04810)
ISBN   979-11-89680-20-6 (세트)

편집
김미선

값   10,000원

펴낸곳
도서출판 이김

브랜드
냉수

냉수는 도서출판 이김의 문학·에세이·코믹
브랜드입니다.

등록
2015년 12월 2일
(제25100-2015-000094)

잘못된 책은 구입한 곳에서 바꿔 드립니다.

주소
03371
서울시 은평구 통일로 684 22-206

이 책의 본문에는 '을유1945' 서체를 사용
했습니다.

이메일
editor@leekimpublishing.com